車

こどものころにみた夢

角田光代 ほか

講談社

男

角田光代

絵　網中いづる

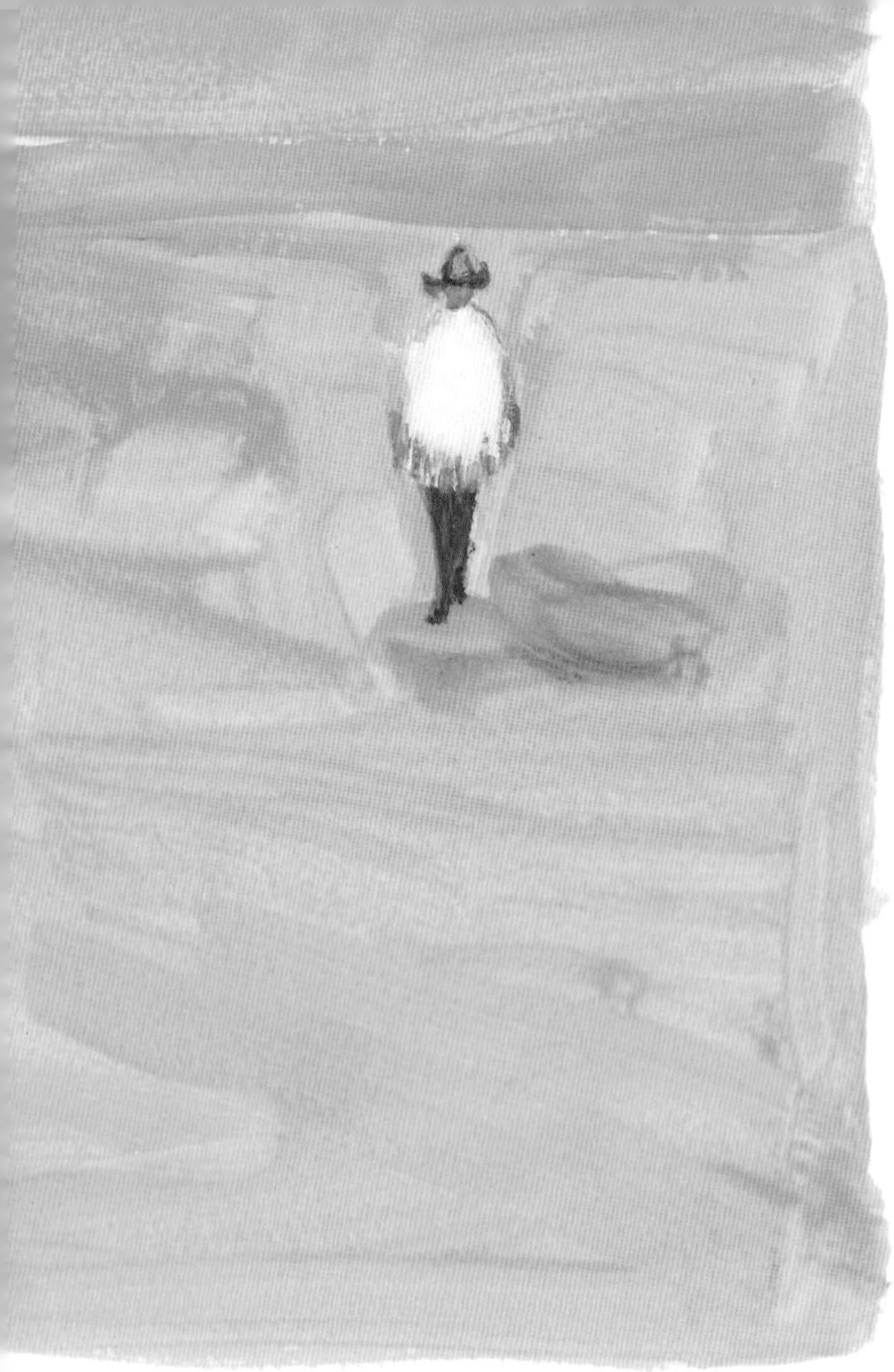

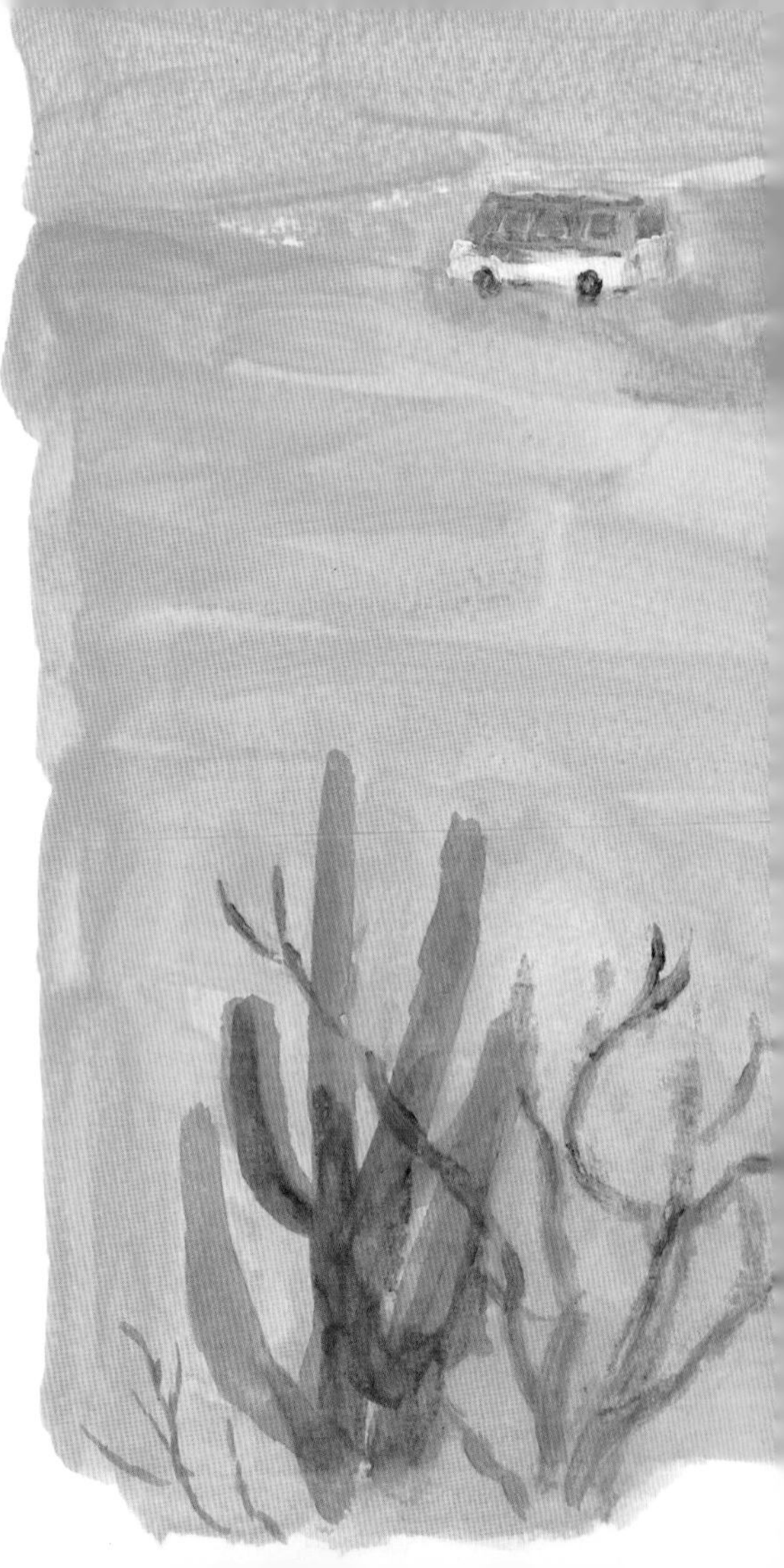

あ、つながっている、と気づいたのは、十二歳のころだ。夢のことである。

わたしは子どものころから今に至るまで、夢を見ない日はない。夢には色もにおいも肌触りの感覚もある。現実となんら変わらない。そのさまざまな夢のなかで、ひとつだけ、連続ものの夢がある。最初は、連続ものであるとは気づかなかった。十二歳の夏の日に、はっと知ったのだ。昼寝から目覚めた暗い和室で。

その夢の、一話目、というか、もともとの発端がいつなのかは、正確にはわからない。覚えているうちのいちばんはじめは、たぶん四歳のころだ。どんぐり幼稚園のもぐみにいたころ。

わたしの知らない場所を、男が歩いている。男はウエスタン帽を深くかぶっていて、顔はよく見えない。でも、そんなに若くないことはわかる。男が歩いているのがどこだかわからないが、わたしんちの近所でないことはわかる。土埃、赤茶けた道、乾燥した針金みたいな植物、黄色い太陽、腹を見せて眠る犬、もしくは犬にとてもよく似た動物。男は延々歩いている。そのしっかりした足取りで、彼には目的地があり、そこに向かっていることがわかる。

ももぐみ所属のわたしが見た夢は、これだけだった。覚えているのは、ほかの夢とちがって、何もなかったからだ。起伏が。展開が。意味が。

ももぐみからゆりぐみにあがって、また、見た。ウエスタン帽をかぶった男が、見知らぬところを歩いている。男の背景が、前より少しにぎやかになった。店がある。わたしの知っている店のようではないけれど、店だとわかる。色鮮やかな果物や、織物が、つり下がったり並んだりしているから。ちいさくて、縁日の露店みたいな店ばかり。男はそれらに目もくれず歩き、そうして、人の列に並ぶ。やがて土埃をもうもうと舞いあげてバスがやってくる。埃であたりは一面黄色に染まる。人々とともに男はバスに乗りこむ。バスは混んでいる。胸で人を押すようにして、男は乗りこむ。バスが発車する。

小学校に上がった最初の年にも、二度ばかり見た。男はバスのなかにいる。今度のバスは空いている。男はいちばんうしろの席に座り、腕組みをして眠っている。開いた窓から、黄色い風がびゅんびゅん入る。それでも男の帽子は吹き飛ばされない。次のときには、男はバスを降りた。人と車の行き交う町をひっそりと歩き、今度は鉄道の駅に向かう。ちいさな窓口に、上半身をかがめて押しこむようにして、切符を買っている。

一年に、一度か二度、男は夢に出てきた。起きたとき、夢のことをわたしは覚えていて、歯を磨きながら思い返し、それから「よぶんの箱」に入れてしまう。わたしは幼いころ、夢を分類して頭のなかの箱にしまっていた。友だちや、テストの夢を見たときは「学校の箱」、父に叱られる夢や、飼い犬のサリーが凶暴になってわたしたちを殺そうとする夢は「おうちの箱」、ケーキを食べようとしていたり、人気スターになったりするのは「ほんとうの箱」（本当になってくれることを願って）。そして分類不可の、切れっ端のような夢が「よぶんの箱」だった。そんなふうに分類しても、そうして頭のなかの箱に入れてしまえば、わたしはすぐに忘れてしまう。もちろん、分類不可の、解読不可の男の夢も、箱にしまってしまえばきれいさっぱり忘れてしまう。

十二歳の夏の日、祖母の家の、陽のさしこまない和室で横になったわたしは、また男の夢を見ていた。短い夢だった。男は電車から電車を乗り継いで、今、がれきのなかを歩いていた。地震があったのか、暴動があったのか、家という家はみな崩れ落ち、空ばかりがぺろんと広い、そんな光景のなかを、男はひとり、黙々と歩いていた。わたしは目を開け、いつのまにかだれかがかけてくれたタオルケットの端を指でもてあそび、それから、はたと上半身を起こした。ももぐみのときから、ひょっとしたらもっと前から、この夢はつながっている。わたしはふいに理解した。理解して、「よぶんの箱」を開き、とうに忘れていたなかのものを検分した。そして、ずっとわたしの夢のなかをさすらっている男が、同一人物であることを確信した。

この男は、だれだかわからないこの男は、どこかにいこうとしている。わたしが四歳のころからずっと、ずっとどこかにいこうとしている。どこへだろう？　はじまりがあったのだから、終わりもきっとあるだろう。男がどこかにたどり着いて、この夢は終わるんだろうか。ならば、どこへ？

男はわたしの夢に閉じこめられてしまって、それで出口をさがしているんだろうか。男が出口を見つけられたら、それが夢の終わりだろうか。風鈴がちろんちろんと鳴って、庭の雑草がざわめいた。タオルケットは樟脳のにおいがして、わたしはパンツのなかが濡れているように感じた。起きあがってトイレにいってみると、パンツにはちいさく血の染みがあった。はじめての生理を、夢の男に教えられたような、いやな気分が広がった。トイレの窓に、ぎんぎんと蟬の声が入ってくる。窓が切り取るちいさな四角に蟬の姿をさがしてみるが、生い茂った葉しか見えない。

その日の夜、祖母が炊いたお赤飯を気まずく食べながら、ひょっとしたら、とわたしは思いつく。あの男は、わたしのところにこようとしているのかもしれない。わたしの夢から出られないのではなくて、ここにこようとしている。目的地はわたし。

その思いつきは、十二歳のわたしを、あまやかな気分で満たした。知らない男がわき目もふらずわたしを目指してやってくる。あの男がわたしの元にたどり着くとき、わたしにはすばらしいできごとが起きるのではないか。運命の人と出会うとか。今まで知らなかった才能が発掘されるとか。きっと、きっとそうだ。


その夜、わたしは早々にふとんに入った。はやくきて。はやくきてもらうためには、たくさんあの夢を見なくてはならない。だるまさんがころんだ、というゲームみたいに、わたしが夢を見ているときしか男は移動できないのだから。

けれど、毎年夏休みに訪れる祖母の家で、なかなか眠りはやってこなかった。隣で眠るちいさなおとうとの寝息を、数えるように聴いていた。

夏休みが終わり父と母とおとうとと暮らす家に帰っても、中学生になっても、月に一度の生理にすっかり慣れてしまっても、好きな人ができても、わたしはあの夢を待ち焦がれ続けた。今日こそあの夢を見ますようにと祈ってから眠った。けれどなかなか男はあらわれず、もしかしたら、もうあの夢は終わったのかもしれないと、十五歳の冬の日に、わたしは思った。生理とともに何かしらの変化があって、もうあの夢はわたしには届かないのかもしれない。

その夜、わたしの推測を笑うように、あの男はまたあらわれた。今度は船に乗っている。甲板から、陽が暮れるのを見ている。海の表面はゼリーのようにふるえている。空は、橙《だいだい》と青と赤と黄色の混じった複雑な色をしている。男のほかに、幾人もの男や女が夕暮れを見ている。みな会話をしているのに、男だけはひっそりと静かだ。顔は、あいかわらず見えない。

まだ夜が明けきらないころ、わたしは目覚め、冷え切った部屋の空気のなか、淡い恐怖を感じた。あんなに待ち焦がれていた夢を見たのに、それはもう、かつてのようにわたしをあまやかな気分にはさせなかった。

あの男は、わたしによきものを届けるために旅しているとはかぎらない。ひょっとしたら、あの男がわたしのところにたどり着いたとき、わたしは死んでしまうのかもしれない。あの男が死に神ではないとは言い切れない。死とまでいわずとも、人生から蹴落とされるかもしれない。わたしが背負いきれない不幸を手渡されるかもしれない。

高校生になり、恋人ができ、高校を卒業し、恋人にふられ、実家を離れひとり暮らしをはじめ、大学に通うようになっても、わたしはあの夢を恐怖していた。あの夢をあまやかに待ち望んでいた幼いころがなつかしかった。あのころに戻りたいと切望した。自分にもたらされるものが、よきものでないはずがないと無邪気に信じていたころに。

とはいえ、いつもいつもその夢のことばかり考えているわけでは、もちろんなかった。夢を見て数日は、死や不幸が近づいてきているように不安になる。しかし数日が過ぎてしまえば、夢の輪郭とともに恐怖もあわくなる。数ヵ月も過ぎれば、日常にかまけて夢の男のことなど忘れてしまう。わたしの夢は、「学校の箱」「おうちの箱」「ほんとうの箱」に分類できるものばかりになる。そうしてときおり、ひとり暮らしのアパートに帰るときや、恋人の寝息を近くで聴いているとき、うっすらと夢の男を思い出す。彼はどのくらいわたしに近づいたんだろう？　漠然とした恐怖を感じる。コップにはりついた水滴のような、明日には忘れてしまう恐怖。

そんなことをくりかえしながら、わたしはいくつかの恋をし、失恋をし、大学を出、仕事を得た。絶望的と思える失敗と、ささやかな成功をくりかえし、落ち込んでみたり、よろこんでみたり、近しい人の死に立ちあったり、生きるとは何ごとかと大げさに考えてみたりした。結婚をしたのは三十二歳のときで、三十八歳のとき、別れることになった。わたしがそんなことにかまけているあいだにも、男はゆっくりゆっくり、わたしに近づいてくる。そしてこのあいだの夏、わたしは四十歳になった。

夢の男は、まだわたしにたどり着かない。年に一度か二度、必ず夢にあらわれるが、男が歩いている場所は未だにわたしの知らない土地だ。バス、鉄道、船、それらをいくつも乗り継いで、でも、確実に男はわたしに近づいている。近づいているというそのことを、わたしはいつも夢のなかで確信している。わたしたちのあいだの距離が、じょじょにだが縮まっていることを。

四十歳のわたしは今、かつてのように、男を待ち焦がれることもなく、また、男におびえることもない。だってわたしはもう知っている。すばらしいできごとにも、不幸と思えることにも、上限があることを、十二歳のときより、十五歳のときより、きちんと知っている。運命の人なんていないし、才能が発掘されてもつかいみちがわからなければなんにもならない。あるいは、人生から蹴落とされてもそこにはまだ人生があり、背負いきれない不幸を背負わされても立っていることは不可能ではない。死、がどういうものであるかはわからないけれど、自分が死ぬときにはすでにわかる必要なんかないのだ。

だからもう、わたしは男を待たず、またおそれない。男はただ、そこにいるだけだ。わたしの現実の外側を、一歩ずつ歩いているだけ。近づいてくるだけ。わたしはただ、いつもと同じように暮らしていればいい。目覚ましのアラームで起きて、コーヒーを飲み、化粧をして着替えて会社にいき、同僚と軽口を交わしながら昼食を食べ、六時過ぎに会社を出て、デートの約束があるときはそこに向かい、ないときは家に帰って食事を作り、音楽を聴きながらそれを食べ、風呂に入って眠る。うれしいことがあれば大きな口を開けて笑い、かなしいことがあればひとりの家でこっそりと泣く。そんなふうに暮らしていればいい。

男がわたしにたどり着いたとき、幸福も不幸も、きっと与えることはないだろうと、四十歳のわたしは思っている。いや、正確にいえば、こう思うのだ。男がわたしにたどり着いたとき、手渡すものは、幸せと不幸、そのどちらにも分類されない何かなのに違いない。わたしのまだ知らない何か。こんなに生きているのに、まだ知ることのない何か。見たことのない、味わったことのない、触れたことのない何か。男が夢にあらわれ続けるかぎり、わたしは信じることになる。未だ知らない、知ることのかなわない何かがある、ということを。

わたしが生きているあいだに、男がここまでたどり着けば、わたしはそれを知ることができる。けれどたどり着かなければ、知らないままいなくなることになる。どちらでもいいような気が、今はしている。昨日久しぶりに見た夢では、男は雑踏のなかを歩いていた。男以外の人々はみな、背中を見せている。男だけがこちらに向かって歩いている。海を割って歩くように、無数の後ろ姿の真ん中に、ウエスタン帽を目深にかぶった見知らぬ男が、まっすぐ、迷うことなく、こちらに向かって歩いてくる。ずいぶん近くまできたような気がする。男は最初に見たときとたがわずに静かで、たったひとりなのに完結している。そして顔は見えない。そういう夢だった。

ガラスの便器

石田衣良
絵　松尾たいこ

（あっ、またこの夢だ）

芹沢直樹は夢のなかでそう思った。思ったけれど、夢から覚めるわけではない。夢にはどんなに抵抗してもかなわない力があって、映画館で椅子に縛りつけられたように無理やり最後まで見せられてしまうのだ。

そこは緑の草原である。

周囲をゆるやかな丘にかこまれた平らなくぼ地だった。午後の穏やかな光に満たされた若草の平原の広さは東京ドームひとつ分ほど。全体にきらきらと輝く砂粒のようなものが無数にばらまかれている。

ナオキは丘のうえに立ち、その景色を見おろしていた。見慣れた夢なので、そのガラス粒がなにかよくわかっていた。まったくおかしな夢である。自分で見ているのに、なんだか笑いたくなってしまう。

太陽の光を受けて透明に輝いているのはガラスの便器だった。ひとり用の個室のおおおきさのガラス壁にかこまれたガラスの便器が、草原を埋めつくしているのだ。

（おかしいな、別にトイレにいきたいわけじゃないのに）

ナオキは小学校五年生で、もう二年まえに寝小便をすることはなくなっていた。寝るまえにはきちんと毎晩用をすませているし、真夜中に目を覚ましてトイレにいくこともある。

丘のうえに立つナオキを大勢の人が追い抜いていった。みな丘をくだって、ガラスの便器にむかっている。便器はたくさんあるのだが、人もまた数え切れなかった。トイレにいきたい欲求はないのだが、ナオキも自然に人の流れにのって、新緑の緑の斜面をゆっくりとおりていった。

しばらく歩くと便器の森が見えてきた。丘のうえからはただの粒のようだが、近づいてみるとガラスの森のようにたくさんの便器が立っている。丸いもの、四角いもの、おおきいもの、ちいさいもの、なかにはどんなふうにつかったらいいのか、使用法がわからない便器まである。そこに散らばる便器には、どれひとつとして同じものはなかった。

人々はみな自分好みの便器にむかっていく。人気の便器には早くも行列ができていた。どちらが先にならんだかで、けんかをしている男たちもいた。

「この便器はおれのだ」

「いいや、おれのほうが先だ」

胸倉をつかんで叫びかわす大人が怖くなって、ナオキは別な方向にすすんだ。どこまで歩いてもガラスの便器がきらきらと光をはねていた。ここがどこだかわからず、道に迷いそうになってしまう。草原の中央部にはいっていくと、人の数はぐっと減った。みな手近なところであわてて自分の便器を決めてしまうので、ガラスの森の奥深くまでやってくる人間はすくないのだ。

いくつかの便器ですでに用をたしている人がいた。便器をとりまくガラスの壁はストライプの波型模様になっていて、内部の人を透かすけれど顔や身体の細部まではわからない。

「やあ、ナオキはどんなのがいいの」

トイレの角からいきなりあらわれた少年がそういった。この夢は何度も見たことがあるけれど、話しかけられたのは初めてのことだった。少年は中学生くらいだろうか。ナオキよりもだいぶお兄さんのようだ。この人は便器の神さまだ。夢の論理が直感的に働いた。

「…………」

ナオキはなにもこたえられなかった。この夢のなかではいつもどれにしようか迷っているうちに時間がすぎてしまうのだ。白いシャツにワンウォッシュのジーンズをはいた少年は笑いながらいった。

「みんなここで自分が一生つかう便器を見つけるんだよ。人気のあるものもあれば、ぜんぜん人気のないものもある。便器にも流行はあるし、ときには高いお金で取引されることもある。ひと目で決めちゃう人もいるし、死ぬまでどの便器にしようか迷っている人もいる」

ナオキは周囲に光るガラスの便器を見わたした。つぎつぎと人がきては、ガラスの扉を開けて、なかをのぞきこんでいる。実際にふたをあげて、便座の座り心地を確かめたりするのだ。なぜかガラスのようにむこう側を半分透かす少年に質問した。

「どうして便器を選ばないといけないんですか」

少年の笑顔に女たちがひとつの便器をめぐっていい争う景色が重なっていた。あんなに身体が透明だと、ごはんがたべにくくないのかな。ナオキは不思議に感じたが、便器の神さまをおかしいとも怖いとも思わなかった。

「だって毎日毎日人が死ぬまでつかうものでしょう。みんな自分の意思で人生を選んでるつもりになっているけど、その人の一生を決めるのは、実は便器なんだよ。便器を選ぶことが、そのままその人の生きかたを選ぶことになる」

「えー……そんなに重大なことなんですか。ただの便器が一生を決めるなんて」

便器といえばおしっこをしたり、うんちをしたりするための道具である。ほかにつかい道などない。ナオキは生まれてからずっと、便器のことを真剣に考えたことがなかった。つかわれないときは真っ暗な小部屋のなかで人を待つだけの器。ひんやりと水をためて、じっと動かない不思議な形の用具。あんなものが人の一生を左右するなんて。ナオキは心の底からびっくりしていた。少年は微笑んで額に落ちた前髪を直した。

「そうだよ。どうでもいいことは大切、大切なことはどうでもいい。それが生きるっていうことでしょう」

小学校五年生のナオキには神さまの言葉はすこしむずかしすぎた。思わず腕を組んでしまう。だって、これから自分の人生を決定する選択をしなければならないのだ。周囲ではたくさんの人がつぎつぎと自分の便器を決めていく。いいものから先に誰かのものになっていく気がして、ナオキは泣きそうになった。

「ぼくにはぜんぜん決められません。まだ十一歳だし、どんなふうに便器を選んだらいいのかわからないです」

神さまは泣きごとにも慣れているようだった。

「だったら、まず座ってみたらどうかな。頭で考えていたら、いつまでたってもわからないよ。だって、ナオキの未来がかかっているんだもの。重大すぎてマルバツで判断なんてできないだろ。でもね、頭よりもずっとお尻のほうが賢いかもしれない。だいたい人間の身体って反対にできてるんだよね。リコウはバカで、バカはリコウ」

便器の神さまは反対言葉が好きなようだ。

「わかりました。じゃあ、とにかく試してみます」

半信半疑のまま、ナオキは手近にある、感じのいいトイレの扉を開けた。ガラスのとっ手を引くと、ずしりとした手ごたえがある。内部は日ざしを透かして、外よりも明るく感じるほどだった。空気もほんのりとあたたかい。

ナオキの選んだ便器はすこし古いタイプのものだった。全体に丸みをおびた形で、新しいもののように流線型のスポーツカーみたいなデザインではない。水洗タンクもついていて、うえには手を洗えるように蛇口もある。蛇口のしたには水に溶ける洗浄剤もおいてあった。

すべてガラス製なので、鮮やかなブルーの水が水洗タンクにも便器のなかにも静かに満ちているのだった。どうしたらいいのだろう。ナオキはふたに手をかけた。ガラスの便器はひんやりと冷たい。

(頭よりもお尻のほうが賢い)

神さまの言葉を思いだした。恥ずかしい気もするけれど、ベルトをはずしてジーンズをひざまでおろした。U字型の便座に腰かけてみる。小ぶりな便座がちょうどいい感じだった。左右にすこしお尻をずらしてみる。それでもしっとりした安定感は失われない。

(なんだか、とっても気もちがいいな)

すこしだけここでおしっこをしてみようか。それとも夢のなかでおしっこをしたら、久しぶりの寝小便になってしまうだろうか。ナオキは迷ったけれど、パジャマで吸いとれるくらいの量ならかまわないと心に決めた。それほどこの便器を試してみたい誘惑は強かったのだ。濡れた衣類はあとで洗濯機にでも放りこんでおけばいいだろう。

ナオキの身体からでた黄色い水が、ちょろちょろと便器のなかの真っ青な水に混ざった。いつもなら立ったままするのだが、おしっこをしたときのお尻の感覚を大切にしたかったのである。

身体をひねって、水洗タンクの横にあるレバーをひねった。青い水流がタンクから一気に便器のなかに流れていく。ナオキは足を開いて、便器のなかで渦をまく青い水を見つめていた。

（これでいいのかもしれない）

確かに神さまのいうとおりだった。むずかしいことなど、なにひとつないのだ。便器が一生を決めるというけれど、きっと自分が変われば便器だって変わっていくのだろう。今このときに感じたことを大事にすればいい。

ナオキは便座から立ちあがって、また静かに水を浮かべる便器のなかをのぞきこんだ。せっかく一生つかうのだから、この便器にも名前をつけてやろう。ジーンズのベルトを締めなおしながらそう考える。

名前はすぐに決まらなかったが、あせることはなかった。時間ならたっぷりとあるのだ。一生この便器をつかい続けるのだから。ふたをした便器に座り、足を組んで、青い空を見あげた。波型模様のガラス越しに太陽がゆらゆらと輝いている。今度はおおきいほうをしてみようかな。ぼくの便器の名前は……

そこでナオキは夢から覚めた。顔には朝の日ざしが落ちている。パジャマのズボンがすこし冷たかった。どうやら久しぶりの寝小便をしたようだ。だが、その冷たさはまったく嫌な感じではなかった。ナオキはにこにこと笑いながら、濡れたパジャマで朝の廊下を脱衣所へむかった。

さよなら、猫

島本理生　絵　鯰江光二

避妊手術を終えた猫のこはるを迎えに行く途中、私と夫はどちらともなく空腹に気付いて初めてのパン屋に入った。

ひんやりした店内は、棚に並んだパンが香ばしい匂いを放っていた。夫はカレーパンが食べたいと言い、私は粉砂糖のかかったアンパンを選んだ。

「こはる、大丈夫かなあ。さすがに不安で鳴いてないかな」

夫がトングを右手に持ったまま、心配そうに呟いた。

「あんなに気の強い子が、お腹に包帯とかしてる姿を見たら、僕は泣くかもしれないな」

その気弱な言い方に少しだけ笑って、私一人で迎えに行こうか、と言いながら、パンのトレーをレジ台に載せると、店の奥さんが
「あら、もう桜が散りかけてる。今日なんて、ちょっと寒いくらいなのにねえ」

と言ったので、私は振り返った。

店の窓ガラスには、真っ赤な鳥居と満開の桜が重なって映っていた。パン屋の向かいには神社があり、曇り空の下、今日の桜の花びらはわずかにくすんで見える。ジャケットから出た私の手は冷たく乾いていて、空っぽの胃に早く甘いものが欲しかった。

動物病院へ到着すると、猫の入ったキャリーバッグを運んできた獣医さんが、お、と明るい声を出した。

「その袋、すぐそこのパン屋でしょう。あそこ、美味しいんだよな」

私は、そうですね、と適当に同意して、夫がそっと笑いながら、キャリーバッグを受け取った。

私がキャリーバッグに向かって、こはる、と呼びかけると、中から、みょー、と小さな返事が聞こえた。

いったん家に戻ると、夫がはっと顔をあげて

「ごめん。郵便を出し忘れたから、もう一度、行ってくる」

そう言って、彼は靴を脱ぐ間もなく、玄関を出て行った。

私が革靴の紐をほどいていると、トラ猫のゆうじが空腹を訴えて、奥の部屋から飛び出してきた。

足にまとわりつくゆうじをあしらいながら、リビングにキャリーバッグを運んで開ける。中でうずくまっていたこはるは、少しうつろな目でゆっくりと頭をもたげた。

私はキャリーバッグから離れ、カップにインスタントコーヒーを入れて、ポットのお湯を注いだ。

いつもなら元気いっぱいにじゃれつくはずのこはるは、ゆうじからぷいっと目をそらすと、ほかに生き物なんて存在しないかのように部屋の中を歩き始めた。

私は息をひそめ、湯気のたつカップを持ったまま、壁際のソファーに腰を下ろして、しばらくこはるの様子を見守ることにした。

こはるの足取りは一歩一歩が踏みしめるようで、けっして弱々しいわけではなく、だけど昨夜までの無頓着に野性をさらけ出すような荒々しさは爪の先まで消えていた。

戸惑いながらその様子を目で追っていると、こはるは白いカーテンの後ろにゆっくりと入り込んで、窓辺の座布団の上に座った。

白い毛を纏う後ろ姿がレースのカーテン越しに透けて、窓ガラスの向こうからは小鳥のさえずりが聞こえていた。

その光景を見ていたら、急に、思い出した。

保育園児の頃にも、猫を飼ったことがあった。寒い冬にアパートの庭に一匹で迷い込んできたところを母が保護したのだ。よく鳴く猫で、とくに夜中に布団に入れてほしいときには、みょうみょう言いながら前足でかりかりと枕を掻いた。

ある日曜日の朝、目を覚ますと、猫がもぐり込んでいるはずの脇の下がぽっかり空いていた。となりの布団には母もいなかった。父だけがこちらに背を向けて、寝息をたてていた。

起きた私は台所でトーストを焼いて、苺ジャムをつけて食べながら、不安な気持ちで母の帰りを待った。

階段を上がってくる音がして、家に入ってきた母は上着を脱ぐ間もなく、猫が風邪をひいたから獣医さんにあずけた、と私に説明した。私は猫の帰りを待ったが、その後にふたたび母から、猫は飼えなくなったのでよそに引き取ってもらった、と告げられた。私は夜中にこっそりトイレでめそめそしながら、猫のことは忘れようと決めた。

その年の夏に、私は病院のベッドで目覚めたとき、ぼうっと白いだけの天井を見つめながら、突然、猫はお父さんが投げたのだと気付いた。なぜならお父さんは泣き声がうるさいと言って、私のことも階段から投げたから。私は右腕を骨折していて、右耳の聞こえが一時的に悪くなり、両親は離婚した。

夫にこの話をしたことはない。未だに上手く語る準備が、私の中にできていないからだ。

私はソファーで膝を抱えながら、病院で過ごした日々のことを思い出した。入院中に、何度か見た夢のことも。

まばらに生えた露草が白い日差しを浴びているアパートの庭で、私はむき出しになった地面を見つめている。視線の先には、私ではなく、猫がぐったりと倒れている。私はぐしぐし泣きながら、かわいそう、と言いかけて、だけどその可哀想が自分に振り返ってくることに気付いて、口をつぐむ。それから、ふと思い至る。私はお父さんの娘だから投げられたって仕方ないけど、猫は関係ないからかわいそうなんだ、と。あのとき投げられた娘は、それでも大人になって結婚して猫も飼えるようになり、今、子供を産めなくなった飼い猫を見つめている。

こはるは軽く顎を持ち上げると、明るい庭に向かって黒目を大きくした。

それを見たゆうじも、なにかを感じ取ったように床に座り込み、体を丸めた。

私は膝を強く抱えて、沈黙を覚えてしまった猫たちを見つめていた。

これだけ生き物がいる部屋の中で、すべての音が遠慮したように止んでいた。まばたき一つできぬまま、気が付くと、涙の流れる顔を両手で覆っていた。私が泣くとすぐに言葉で慰めてくれる夫が今ここにいなくて良かったと、心から思った。この涙の意味を、正確に伝えてわかり合うことは、きっと夫婦でもできない。

つなげた命を粗野に放る者と、放られた者。夢の中で猫だけをかわいそうだと思った私。そして今、健やかなる飼い猫の繁殖を止めた私。あのとき本当は自分のために泣きたかった。だけど感じることさえ止めなければ、呼吸を続けられなかった時間があった。弱さが、子供時代の私を生かした。

床に横たわるこはるは、静かに現状と寄り添い合っていて、その横顔が自分にはまるで及ばない崇高なものに思えて、圧倒されて、涙が止まらなかった。

私は、神様がこの静寂の一瞬を夫ではなく、自分に与えてくれたことに内心感謝した。

泣きやんだ頃、夫がぱたぱたと音をたてて帰ってきた。

彼は、ソファーで放心している私を見つけて、どうしたの、と驚いたように尋ねた。

私はそっと目をそらして、こはる、と呟いた。

「なんか、まったく違う子になっちゃったみたい」

夫は双方をいたわるように言った。

「きっと今、病院から帰ってきて疲れてるだけだから。時間が経てば、また落ち着いて元のこはるに戻るよ」

私は、そうだね、と相槌を打った。

「じゃあ、お昼にしようか」

夫がそう言って、冷蔵庫から牛乳のパックを取り出した。それから思い出したように台所の窓を開けると、涼しい風が吹き込んできた。私はダイニングテーブルの椅子に腰を下ろした。

二人でテーブルを挟んで向かい合い、パン屋の紙袋から取り出したアンパンは、表面にかかっている砂糖が多すぎた。半分も食べないうちに胃もたれした。

夫が、こっちのカレーパンは油っこいよ、と眉をひそめて呟いた。

さっき強くこすっていた涙袋の上を、風が通り過ぎる。ゆうじがのっそり近付いてきて、私の膝に前足をかけた。

こはるは座布団の上で丸くなって、もう寝息を立てている。

水の恵み

阿川弘之

絵　木内達朗

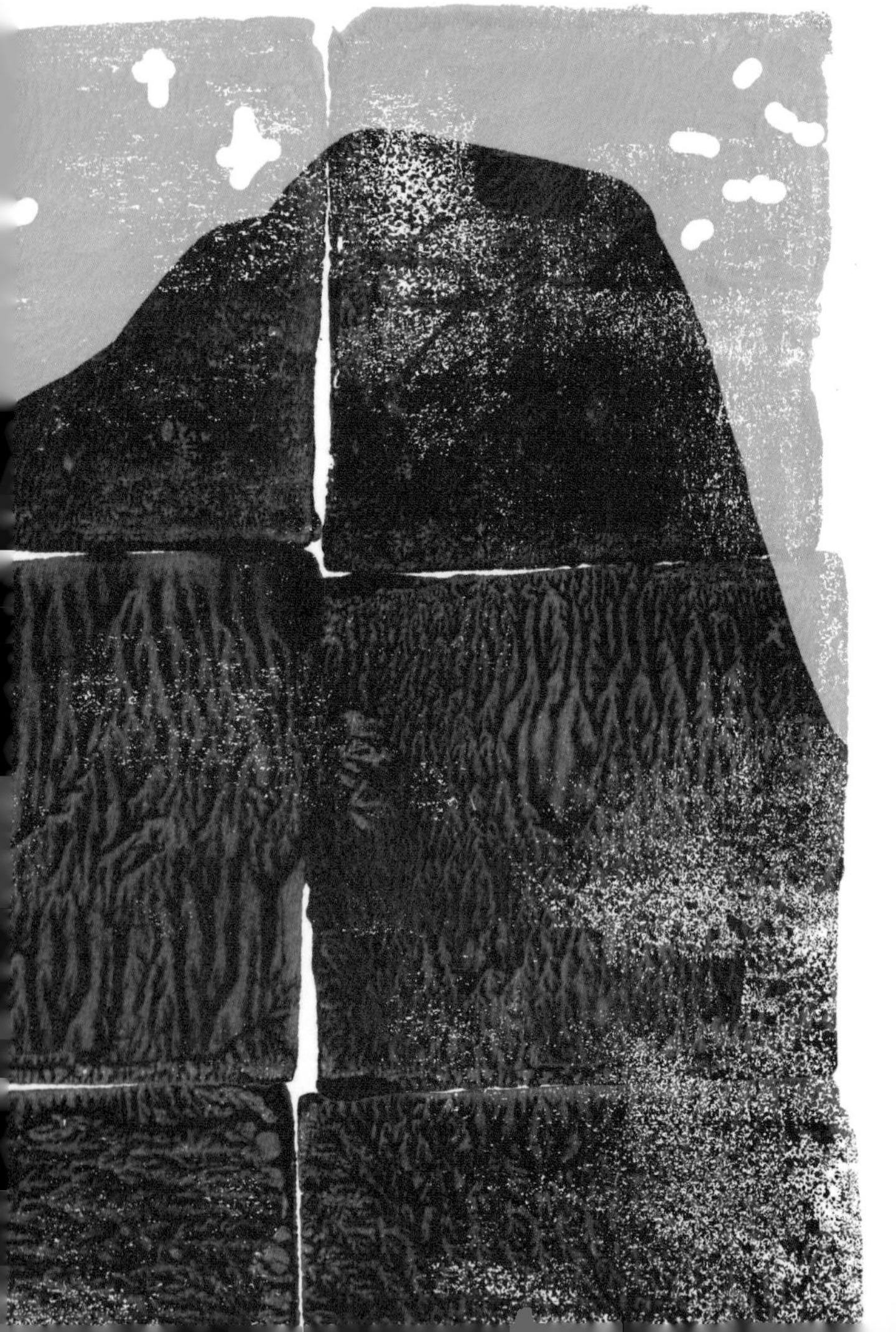

此《こ》のリレー連作のテーマは「子供のころに見た夢」だが、それは何歳頃の話なのか。おしやぶりをしやぶつてゐる赤ん坊を子供とは、普通言はない。思春期の特徴があらはれて来た少年少女も、やはり子供とは呼びにくい。

「さうすると、小学校へ入つた年を基準に、その前後併せて大体十一、二年間が『子供の頃』といふことになるでせうね。僕が尋常小学校へ上つて国定国語教科書第一頁の『ハナ、ハト、マメ、マス』を読むのが昭和二年です」

相手はやや警戒的な眼つきで聞いてゐる。

「昭和二年は今からちやうど八十年前。八十年昔に見た夢を思ひ出せと言はれても、そんなもの覚えてないよ」

次に何を言ひ出すか、推察済みの相手が、

「しかし」と、こちらの話を急いで遮つた。「子供時代の思ひ出ならあるわけでせう。夢の又夢のやうな懐しい思ひ出が」

「まあ、そりや、あることはある。昭和元年はたつたの七日間ですからね。僕の学問習得の初歩過程は、昭和最初の春に始まつて、中学進学が八年目、すべて昭和の年号と重り合つて進んでゐるんで、あの頃の『ヨク学ビヨク遊べ』の日々、懐しくなくはない」

「分りました。それで行きませう」

東京駅乗車口の「乗車口」を逆さに読むと、「口車ニ乗ル」となるのださうな。断るつもりが「夢そのものの思ひ出でなくても構ひません」と、上手に乗車口へ連れ込まれて、リレー連作の執筆メンバーに加はることになつてしまつた。

東京、大阪、京都、名古屋、神戸、横浜の六つを六大都市と称する。今は順位が変つてゐるかも知れないが、戦前は国民みんなさう呼称してゐたのを、我が生れ故郷広島にだけ納得しない人間どもがゐて、「七大都市」といふ妙な言葉を編み出した。人口六大都市に次ぐ広島も「大都会と認めて貰ひたいんぢやけん」と、お国思ひの気風が強かつたのであらう。此の、全国七番目の、もとは浅野四十二万石の城下町に、昭和改元後盛大な博覧会が開催される。

「昭和の御代《みよ》の花の春
中国一の広島に
開くや昭和博覧会
いざ連れ立ちて見に行かん」

お気づきでせうが文語体です。これを鉄道唱歌の節まはしで歌ひながら、男女生徒足並み揃へて、日の丸の小旗を打ち振り打ち振り学校の内外練り歩いた。子供心に、輝かしく新しい時代が来たのだと感じてゐた。

博覧会そのものに関しては記憶皆無だから別段懐しくないけれど、「中国一の広島」は太田川のデルタの上に成り立つてゐる。その川の流れと、川に架《かか》る山陽本線の鉄橋と、デルタの裾の海とが、子供の頃を思ひ出すよすがとして最も懐しい。市の北はづれで二つに分れた太田川が、更に分れ分れて宇品湾《うじなわん》へそそぐ一番東側の、猿猴川《ゑんかうがは》上流の川土手に私の生家があつた。夏、よく此の川で泳いだ。河口から約四キロ川上なのに潮の影響があつて、引き潮の時には手足をあまり動かさなくても、すいすいずゐぶん遠くまで流れに乗つて泳いで行ける。満潮時、その清流が色んな芥《あくた》を浮かべた淀《よど》みになつてたゆたつてしまふから、口をつぐんで水を呑《の》まないやうにしなくてはいけない。とりわけ困るのが、鉄橋を渡る旅客列車の排出するコロッケ状の物体である。

真夏の西日が照りつける午後五時ちよつと過ぎ、未だ家へ帰らなくていい子供らが、鉄橋の石の橋脚を溜《たま》り場に、水の掛け合ひをしたり、仲間を水へ突き落したり、騒いでゐると、広島駅を出たばかりの下関行一、二、三等急行が頭の上へさしかかる。食堂車寝台車とも十何輛の長い編成だから、どの客車からか、ぽとんぽとんとコロッケが落ちて来る。その日その時刻、偶々《たまたま》上げ潮だつたらさあ大変、コロッケは中々流れ去つてくれない。みんな「わあッ」と叫んで一斉に川へ飛び込んで、川上の方へ難を避ける。

懐しの鉄橋は家の中にゐても見えた。と言ふより、私は生れて以来毎日々々、すぐ近くの此の鉄橋を通過する汽車の音を聞き、汽車の姿を見て大きくなつたのである。広島駅は上野や長崎のやうな終着駅とちがふから、「本日列車の運転はもう終りました」、そんなことはあり得ない。二十四時間汽車が発着してゐる。当時山陽線に二本しか無かつた特別急行列車（のちの「富士」「櫻」、上り下り併せて四本）なぞ、むしろ深夜早暁《さうげう》に広島駅へ入つて来る。小学一、二年生の頃、買つて欲しくてたまらなかつた食べ物が汽車弁当、五、六年生の頃読んで飽きなかつた出版物が「鉄道省編纂《へんさん》汽車時間表」、当然の成行きだつたらう。

中学生になつた私は、主だつた列車の列車番号、広島駅到着時刻、食堂車を連結してゐるかどうか、例のコロッケ急行の上りは何処《どこ》で一等展望車を切り離すか、その種のこと全部諳記《あんき》してゐた。

学期試験を控へて遅くまで勉強中、家の縁側の硝子戸《ガラスど》がびりびり震へ出す。「あ、京都行の102列車が来たな。もうすぐ夜中の十二時か」と気づく。102列車は下関・京都間の普通列車なのに、急行なみの設備を持つてゐて、乗客は二等三等の寝台車と和食堂車が利用出来た。広島着午後十一時四十九分、此処《ここ》で特急の待ち合せをする。

六、七分間を置いて、再び硝子戸が震へ出す。震へ方がさつきよりせはしい。つまり駅構内への進入速度がちがふ。分つてゐるけど覗《のぞ》いてみれば、蒸気機関車牽引《けんいん》の各等特急、2列車上り東京行「富士」が鉄橋へさしかかるところだ。機関車は多分C53、煌々《くわうくわう》たるヘッドライト、明りをともした客車の窓、窓、窓。もつとも、汽車好き中学生が憧れの洋食堂車は、すでに営業時間終了、ひつそりと窓を閉ざしてゐる。食堂車の従業員も寝台車の客も眠つたまま、十一時五十六分広島着。六分間停車。〇時二分2列車「富士」が発車したあと、八分待つて〇時十分、京都行102列車が発車する。

星座の如く整々とした列車の運行を、眼で確かめ、姿が見えなくなつたら頭の中のダイヤグラムで確かめ、試験勉強よりはるかに面白かつた。分きざみの数字に斯《か》くも興味を持つてゐる私が、代数幾何の点数だけいつも落第点だつたのはどういふわけだか。同級生に一人、木村君といふ同好の士がゐた。彼は数学もよく出来て、後年国鉄へ入り、青函トンネル設計の初期段階を担当する。

話を川の方へ戻さう。我が家の裏木戸を出たあたりで、幅広い川がへの字なりに彎《わん》曲《きよく》してをり、その為こちら側は花崗岩質《くわかうがんしつ》の白いきれいな砂川原、向ふ岸は子供の背のとどかぬ深んどである。水泳もやつたが、時々もぐりをやつた。水中眼鏡をかけて、深みへもぐつて、底の岩かげにかくれてゐる「がんも」といふ川海老《かはえび》をつかまへて来る。

夏休みが終つて水遊びの出来ない季節になると、釣をした。餌《ゐさ》は蛆《うじ》か、蛆に似た御飯粒でよかつた。四、五センチの鮠《はや》がいくらでも釣れた。

がんも捕り鮠釣りも懐しい思ひ出だが、当家晩春の年中行事、潮干狩はもつと懐しい。五月の日曜日、大潮の日を選んで識《し》り合ひの船頭に頼んでおくと、屋形舟仕立ての荷舟を、裏の川原へ着けて迎へてくれる。家族、親しい友達、ねえやも入れて総勢七、八人、昼の弁当、貝掘りの道具、バケツや七厘、タオルまで積み込んで、川下りが始まる。鉄橋の下をくぐつて、浅野侯の泉邸《せんてい》を右に見て、ゆつくりゆつくり、宇品沖の浅瀬まで来たら、船頭が錨《いかり》を打つ。海苔《のり》で巻いた握り飯、玉子焼、牛肉の生姜《しやうが》煮《に》、弁当を食べてゐるうちに潮が引いて、そのへんの海は少しづつ干潟《ひがた》になる。もう待つてゐられない。

子供の手で大きな浅蜊《あさり》の五十や六十、すぐ取れた。浅蜊の手触りはざらりだが、蛤《はまぐり》を掘りあてた時はつるりと感じる。大型のつるりは非常に嬉しい。干潟にはその他色んな生き物がゐた。小蟹《こがに》が鋏《はさみ》を振り立てながら穴の中へ逃げ込む。沙魚《はぜ》の仔がぴちぴち跳ねる。私の父親六十歳が、足の裏のにゆるにゆるする物を手づかみにしたら、立派な鰈《かれひ》だつたこともあつた。

やがて差し潮の時刻。干潟がかくれて海は次第に深くなり、子供らが舟へ呼び戻される。あちこちに出てゐた潮干狩の舟が、みな帰り支度をしてゐるのが見える。収穫はバケツ二杯分くらゐの貝、川すぢを遡《さかのぼ》りながら、七厘に火を熾《おこ》して焼いた蛤が実に旨かつた。干潟の漁業権なぞ、設定されてゐなかつたのか、誰かに入漁料のやうなものを払つたことは一度も無い。豊かでのどかなこんな年中行事、いつまで続いたらう。

私がそろそろ子供でなくなる中学三年の三学期、東京で二・二六事件が起る。翌年夏盧溝橋事件が起る。大陸出兵が始まり、宇品は陸軍の大輸送基地で、死にに行く兵隊さんたち横眼にのんびり潮干狩といふ時世ではなくなつた。

それから八年後、「昭和の御代」の二十年目、「花の春」を誇つた「中国一の広島」が何を浴びせられるかは、世界中の人が知つてゐる。顧みれば既往悉《ことごと》く夢に似て、川も海も懐しいけれど、あの日のことばかりは、子供の頃の思ひ出に添へてあらためて書き記すに忍びない。

タイムリミット

辻村深月

絵　吉田尚令

今日は木曜日。家に帰ったら、好きなテレビ番組がある日。うきうきしながら上履きを脱ぎ、靴に履き替えていると、クラスメートの小嶋くんが背中合わせの下駄箱の前にいることに気が付いた。

どうして彼なのかはわからない。普段仲がいいというわけではないし、特に気になる存在でもないはずなのに。

振り返り、目が合う。そうなってしまったから何となく、私は「バイバイ」と別れの挨拶をする。彼が「うん。バイバイ」と応じ、それから不意に言った。

「ねぇ、そういえば今年ってまだだよね。もう十一月なのに」

その言葉に、私は瞬時にこの世界の仕組みを思い出す。それまでもずっと知ってたことなのだという雰囲気で。

そうだ。私たちの住むこの県にはおかしなシステムがあるのだった。一年に一度、ここでは残酷な隠れんぼゲームが行われる。

学校、図書館、デパート、レストラン、ホテル。どこがその場所になるのか、またいつ起こるのかは全くわからない。ただ、ある日突然建物内にチャイムが鳴り響き、ゲームの開始が告げられるのだ。ドアや窓が閉鎖され、舞台となるその建物は完全に外部から孤立する。場に居合わせた人々は、否応なしにゲームに参加させられる。

ルール自体は至ってシンプル。チャイムが鳴った一時間後、銃を持った『敵』が建物の中に突入してくる。彼らは中に閉じ込められたゲームの対象者たちを見つけると、次々に殺して回る。そうすることが許されている。

この県にだけある、何とも不公平なシステムだ。全国的にも有名。

小嶋くんが言っているのはこのことだろう。「そういえばそうだね」思い出しながら頷《うなず》く。

「ねぇ、そういう時の開始のチャイムってどんな風なんだっけ。普通の鳴り方とはちょっと違うんだよね」

「たしか、@※＊#……みたいな鳴り方らしいよ。俺の友達、隣町の図書館でそれに当たってるから」

「そうなんだ」

彼の発音したチャイム音を頭に焼き付けながら、私は、これに巻き込まれた彼の友達は無事だったのだろうか、どうだろうか、と考える。

靴を履き、彼に背中を向けて「じゃあね」と玄関のドアに向き直り、そこで私はふと足を止めた。数学の予習をするのに、教科書を机の中に忘れたことを思い出す。宿題と違って、予習はやってもやらなくてもどっちでもいいレベルの事柄だ。だけど、一瞬迷う。やっぱり取りに帰ろうと、後ろを向いたその時だった。

ガシャーン!!

物凄い音を聞いて背後を振り返ると、玄関のガラス戸にシャッターが下りていた。「あ」と思わず声に出し、それから下駄箱の方を見る。小嶋くんはまだそこにいた。頭上に、普段のものよりずっと大きな音でチャイムが鳴り響く。さっき彼が発音したものをより具現化したような、ホンモノの音色で。

『@※＊#……』

私と彼は物も言えずにただ、見つめ合っていた。彼が顔を上に向け、それから妙に落ち着き払った声で言った。

「今日、だったんだね」

校舎の中は、一気に暗くなった。窓が玄関のドアと同じようにシャッターで覆われ、光を遮断されたのだ。代わりにつけられた蛍光灯が、昼の明るさを一気に夜の世界へと変貌させる。

　私は走った。どうして外に出る足を一瞬止めてしまったのだろう、と激しい後悔に身を焼かれながら、一年生の教室まで走った。同じこの学校に、妹が通っている。彼女の教室まで、懸命に走る。

「エリコ！」

　名前を呼びながら中を覗《のぞ》きこむと、混乱する一年生の中に、妹の姿はなかった。おっとりしていて、気の優しい、私とはあまり似ていない妹。年より幼い印象で、そのせいか、母もまだ妹からは子離れできてない。我が家はエリコを中心に回っている。

　妹の席には鞄《かばん》が置かれていなかった。掃除のために残っていたのか、モップを抱えた女子がパニックを起こして泣いている。

　リアルに恐怖が襲ってきた。そのせっぱつまった気持ちは、事実を実感する私の感覚を逆に鈍くしていく。認めるしかない。私はあと一時間後、校舎に入ってくる『敵』によって殺される。隠れて逃げて、できるだけそれをするつもりだけど、きっと助からない。私の人生は、今日ここまでだ。

　妹は、もう家に帰ったのだ。良かった。安堵《あんど》感に膝から力が抜けていく。確認し、再び走り出そうとした私の耳が信じられない声を聞いたのは次の瞬間だった。

「お姉ちゃん！」

目を見開き、おそるおそる、声の方向を振り返る。廊下の向こう側から、エリコが泣きながら走ってくる。

「どうしよう、どうしよう、お姉ちゃん」

「なんで帰ってなかったの！」

私は反射的に金切り声のような悲鳴をあげて彼女を怒鳴った。理不尽だけど、怒りが湧いてきてどうしようもなかった。どうして愚図愚図していたのか。なんで帰らなかったのか。娘が二人ともここで死んでしまうなんて、父と母は、おじいちゃんはどんな気持ちがするだろう。自分のことを棚に上げて、妹を罵《のの》った。帰るべきだったのに、駄目じゃないか。死んじゃうじゃないか。

「ごめん、ごめん。お姉ちゃん」

自分が悪いわけではないのに、泣きながら謝る妹。胸がしめつけられるように痛み、私は彼女の手をとって走り出す。

一つだけ、心当たりの場所がある。前に一度、もしこのゲームがこの場所で始まるとしたら、とぼんやり空想して考え付いていた隠れ場所。現実感の薄い想像力を働かせてひらめいていた場所。

運動部の使う更衣室の横には、簡易シャワー室とユニフォームを洗う用の大きな洗濯機が並んでいる。人間が一人、収まることのできそうな洗濯機。この中なら、助かるかもしれない。私はそこに、妹を押し込む。

「お姉ちゃん」

か細い声で彼女が言った。その蓋《ふた》を閉じる一瞬に、私の手や指がぶるぶると震え出す。「ここから動かないで」命じながら、恐怖に身体が凍りつきそうだった。

ここに、エリコを隠していいものだろうか。もし、一時間後、『敵』が入ってきて、私がどこかに隠れている時に、洗濯機の方向から銃声がしたら？　別の場所でそれを聞いた私は、きっとどうにかなってしまう。

それは、妹が死んだらどうしよう、ということではなく、自分がそこに隠したせいでそれが起こったら、ということに対する恐怖だ。私はその責任に耐えられる自信がない。思うと、気が狂いそうだった。

洗濯機の透明なガラスの内蓋越し、エリコの泣き顔が私を見ている。一緒にいたいけど、無理だ。私は唇を噛み締め、ひっきりなしにこみ上げる葛藤の念を殺して外蓋を閉じた。

放課後の学校を襲ったパニックは、収まる気配がまるでない。さっさと帰ったクラスメートたちを羨《うらや》む気持ち、そうしなかった自分の非を嘆く気持ち。それらにぐらぐらと揺り動かされながら、私は隠れる場所を探して、廊下を、教室を、走り回る。

そうしながら、今ならいいだろうか、と考えた。途中から、彼のことで頭がいっぱいになる。

隣町の私立校に通う彼。同い年で、一年ぐらい付き合って、半年前に別れた私の元彼氏。別れてからも、何回か電話がかかってきていた。「別れてるけど、お互い、せっかく仲良くなったんだからまた会おうよ」「今度、俺のバンドのライブがあるんだけど来なよ」チケットがなかなか捌《さば》けなくて、だから私のところに連絡してきているだけかもしれない。だけど、私はその度、見苦しくも嬉しく、けれど「うん、会いたいね」とか「ライブ、行きたいんだけど都合が」とか、誤魔化してきた。

私は彼がまだ好きだった。未練がましいけど、そうだった。やり直したい気持ちなんて欠片《かけら》もないふりをしながら、見栄を張って、はぐらかし、会えずにいた。

私からは、電話をかけられないほどなのに、彼は平然と私に電話ができる。それを思うと寂しくて、悲しくて、自分からはますます連絡が取れなくなった。

でも、あと数時間後には私は死ぬ。今ならいいだろうか。

逃げるために走る廊下の窓。下りたシャッターの間から、迷彩服を着て銃を肩に担いだ『敵』の姿が見えた。中に入るタイミングを今か今かと待っている。

ああ、私は本当に死ぬのだ。

隠れる場所なんて、もうどうにも思いつかない。

走ろう。とにかく、上に向けて。屋上まで行けば、ひょっとしたら、外に続く鍵が開いているかもしれない。

階段を駆け上がる途中で、制服のポケットからスマホを取り出す。封印してきた連絡先を開く。息が苦しかった。

呼び出し音が鳴る。目を閉じると涙が滲《にじ》んでくる。自分が死ぬという時にならなければ、私は自分の気持ちに素直になれないのか。そう思うと、こんな時なのに妙に呆れて、情けない顔で笑ってしまいそうになる。

彼は出なかった。私は留守番電話にメッセージを残す。

「まだ、好きでした。別れてからもずっと。やり直したかった。私のことは、ニュースで見てね」

乱暴に電源を切って、再びポケットにスマホをしまいこむ。

そろそろ、チャイムが鳴って一時間が経つ。校舎は、妙に静まり返っていた。隠れんぼの時、鬼が動き出すその前に「もう、いーよ」と答えてから妙に静かになる、あの感じ。

ゲームの開始を告げるさっきのチャイムと同じ音量で、校内に放送が入る。少し舌足らずな男の声が、鈍く空気を震わせる。

『えー、今から、校舎の中に入ります。カウントダウンをします。十秒前……、九、八、七、六……』

それを聞きながら、涙を拭い、前を向く。足をひたすら、前に前に出す。屋上を目指して。

『五、四』

静かな階段に、私の足音だけが響いていた。

『三』

屋上のドアが見えてきた。

『二』

開いているかどうかはわからない。だけど、走る。

私の手が屋上のドアにかかる。放送が告げる。

『一、……ゼロ!!』

ヘビ

西 加奈子 （絵も）

ばあちゃんの財布には、ヘビが入ってるんだって。

ばあちゃんが死ぬ少し前、一緒に中松商店に行ったときに、聞いたんだ。赤や黄色やピンクのラムネが入ったアイスを俺は食べたかったんだけど、「あれ食べんのは女みてぇだ」って隅田《すみだ》君が言うもんだから、まあ、誰に見られることもないんだけど、ていうか、そもそもばあちゃんと中松商店に行ってるとこ見られただけで、ちょっと馬鹿にされちゃうと思うんだけど、俺は気張ってパピコにした。あれ、ふたつあるから、体がちょっと小さい俺には量が多いし、食べたらすぐにお腹壊しちゃうんだけど、ふたつの穴から同時にガリガリと中身をすすってる感じが「いかにも男だ」って隅田君が言うからね。最近なんていうか俺らの間では「男らしさ」っていうのがすごく流行《はや》ってんだ。この前の保健体育の時間に男子と女子別々にされて、色々体の仕組みやエロいこと教わった。そしたらその日から女子の方がなんとなく偉そうなんだよ、ふん、あんたたちガキねってなもんさ、だから俺たち男子はさ、なんていうの、威厳を保たなきゃいけないな、てことになって。保健の先生も、「今は女子の方が体が大きいこともあるけど、いずれあなたたちはとても男らしい体になる」なんて言ってたし、まあそうゆうことに、気合入れてんだよね。

　ばあちゃんは俺んちに一緒に住んでんだけど、ちょっとおかしいんだよ、お母さんが「にんちしょう」だって言ってた、家にいるときは普通にしてるように見えんだけど、一度外に出たらさ、帰って来れなくなんだよね。迷子じゃなくて、迷婆《まいば》なんだよ。だからばあちゃんがどこか行きたい、てなったらさ、誰かが付いてってやんなきゃならない。正直面倒くさいけど、ばあちゃんのこと嫌いじゃないし、隅田君にさえ見つかんなかったらいいよ。でも、中松商店に行きたいって言いだしたのはばあちゃんなのに、着いた途端「ほらヨウ君、着いたよ。何が食べたい？」なんて聞いてくるから、嫌んなるぜ。俺がおねだりしたみたいじゃんか。「おねだり」ってだいぶ「男らしさ」から遠い気がする。まあ何か買ってくれるって言うから、アイス買って、て言ったんだよね。財布から百円出したとき、そんとき、ばあちゃんが言ったんだ。「ばあちゃんの財布には、ヘビが入ってるんだよ」ってね。ああ、ばあちゃんもう、本格的におかしくなったんだなぁって、そんとき思ったよ。だってさ、ヘビだぜ？　おかしいよそんなの。見せて、て言う気にもなんなかったね。それより俺はパピコを食べてる途中からお腹が痛くなってきたもんだからさ、早く家に帰りたくて仕方なかった。ばあちゃんは二回、咳をした。

ばあちゃんが死んだのは、本当に急だった。国語の授業中でさ、ちょうど先生が「このとき主人公はどう思ったでしょうか」って俺に聞いてきてたときで、俺は意味が分かんないから指いじくってたんだよ、そうやってたら先生が飽きて他の奴に当ててくれないかなって。大体「エミコは空を見ていて、急に泣き出した」、それがどうしてなんて言われてても、わけわかんないよ、俺は男だし、ここで変にエミコの気持ちを当てちゃったら、「あいつ女の気持ちが分かる」なんて、からかわれるし。あー、どうしよう、て思ってたら、事務員の人、そいつ顔が青くて細くて、ほとんど幽霊みたいな奴なんだけどさ、そいつが扉から顔を出して、先生を呼んで何か言うわけ。良かった助かった、てほっとしてたら俺を呼ぶんだよ。なんだよ、まだ答えなきゃいけねーのかよなんて思ってたら、違った。ばあちゃんが死んだって、言いに来たんだ。

ふきんしんというやつかもしれないけどさ、最初に思ったのは、家に帰れることが嬉しい、てことだね。そんで次に思ったのは、思ったのは、覚えてないんだ。先生が車で送ってくれて、家に着いたらお父さんも帰ってきてて、家の中が騒がしかった。お通夜っていうの、それが始まっても、何がなんだか分かんなかったよ。親戚の人が「久しぶり」だとかなんとか言って、俺の頭ごりごり撫でたりすんだけど、俺は黙ってた。ばあちゃんの遺体は居間に寝かされてて、俺らは隣の部屋で寝たんだ。そんなこと初めてだったから、なかなか眠れなかった。隣に遺体があるんだ、て思うと、変だよな。言っとくけど、怖いなんてちっとも思わなかったんだからね。ただ、変だなって、思っただけ。

で、夢を見た。

ヘビの夢だよ。ばあちゃんの財布、七福神が刺繍《ししゅう》されたガマ口の財布の中から、大きなヘビ、多分ニシキヘビだね、ていうか俺ヘビの実物見たことねーし、イメージだよイメージ、それがにょろにょろ出てくんだ。そりゃもう大きい、そいつが、ばあちゃんを頭から食べちゃうわけ。バリバリ嚙むんじゃないんだよ、もそー、もそー、って、飲み込んじゃうんだ。俺はもう腰が抜けそうなくらい怖いんだけど、周りを見たら、クラスの皆が野次《やじ》ってる。「おい、男らしさを見せろ！」「お前、せいりが始まってんじゃないのか？」なんつってさ。だから、「男らしさ」発揮しなきゃと思って、何か戦える武器はないかって探すんだけど、ないんだ。その間にもばあちゃんの体はどんどんヘビに飲み込まれていくから、ああもう、やけくそだ、と思って、パピコ。パピコでヘビを刺すんだよ。パピコだぜ、そこがまあ夢って感じだけど、なんだかものすごくでかくなってんのよ、パピコが。よく分かんないけど、「パ」とか「ピ」とかいう感じじゃないの。「パピコ！」みたいな、強そうな、ね。それでえいやー！て刺すんだよ、ヘビを。でもびくともしないわけ。そりゃそうだよね、ゆうに十メートルを越すヘビなんだから。勝てるわけないっつーの。でもさ、周りの皆が「おーっ！」なんていうから、俺どんどん気分が乗ってきてさ、最後にはなんでヘビと戦ってんのか分かんないんだよ。えいやー！　えいやー！　段々疲れてきてさ、そのとき、ヘビがギッと、俺を睨《にら》むんだ。「おい坊主、それだけか」て。ゾーッとしたね。「お前みたいなチビに負けるかよ」て。ひるんだね、完全に。パピコなんていつの間にか小さくなっててさ、脚がガタガタ震えだしたんだ。皆「あー、あいつやっぱ女だ」なんて言いやがる、俺もうどうしていいか分かんないんだよ。そんときだね、ばあちゃんの声が聞こえるんだ。皆の輪に混じって、「ヨウ君」てね。夢って変だよな。ヘビのお腹ん中にいたはずなのに、いつの間にか後ろにいるんだから。ばあちゃんを助けようとしてたんだっつーの。振り返ったら、ばあちゃんがこっちを見てんだよ、不気味だったね。だって死んだ人が着る白い浴衣《ゆかた》着てんだよ。そして、言ったんだ。「ヨウ君はちっとも小さくなんてない」て。

そこで、目が覚めた。

夢ん中でも、ばあちゃんはボケてた。突拍子もないよ、急に「ヨウ君はちっとも小さくなんてない」だってさ。俺は身支度をして、居間に行ったんだ。ばあちゃんは鼻に脱脂綿を入れられて、ゆっくりゆっくり腐っていってた。それはちょうど、夢ん中で、ヘビにちょっとずつ飲み込まれるみたいだった。死ぬってことは、そういうことかもしれないよな。丸のままヘビに飲み込まれて、ゆっくり、ゆっくり、腐ってく感じ。

思い出して、ばあちゃんの部屋に行った。そこには、ばあちゃんがいつも持ってた、茶色いカバンがある。俺はそれを開けた。中に、七福神の財布が入ってる。こん中に、ヘビがいるって？　ふざけんなよばあちゃん。俺が財布を開けると、小銭ばっかりだった。五円、一円、百円、十円。そして、なんか気色悪いもんが入ってた。茶色くて、干からびてて、ペラペラした紙のようなもの。なんだこりゃ。思ってたら、ガラッと扉が開いて、お母さんが立ってた。「ヨウ、何してんの？」なんて言うから、俺あせっちゃってさ。お金取ろうとしてたと思われんの嫌だから、思わず言ったんだよ、「俺、僕、これがほしくって」。お母さんは俺が手にしてるその茶色いものをじっと見て、「ああ、ヘビの皮ね」と言った。「それ入れとくと、幸せになるんだってね。ヨウ、そんなこと、信じてるの？」

なんだよ、ヘビの皮かよ。ばあちゃん、説明足りないよ。ヘビが入ってる、なんて。早く来なさい、て言って、お母さんが扉を閉めてからも、俺はしばらく、それを見つめてた。茶色くて、干からびてて、ペラペラした、ヘビの皮。そんで、絶対、誰にも言いたくなかったんだけど、泣いた。なんだよ、ばあちゃん。言ってくれよ、ヘビの皮入れとくと、幸せになれるんだよ、て、そこまで言ってくれよ。俺だって、ばあちゃんのことボケてるって思ってたけど、聞いてやることくらいは出来たんだぜ。だって、ばあちゃんは、俺の言うこと、なんだって、聞いてくれたじゃんか。お父さんとお母さんは「〝僕〟って言いなさい」て言うのに、「ヨウ、もっと牛乳飲みなさい。あんた小さいんだから」て、言うのに、ばあちゃんは、そんなこと、言わなかったじゃんか。ばあちゃんの前だけでは、俺は自分のこと「俺」って言えたし、ばあちゃんは「ヨウ君はちっとも小さくなんてない」って、言ってくれたんだ。夢ん中でまで。

ばあちゃん、俺、クラスでも相当小さいんだ、だから馬鹿にされるんだ。

「大丈夫、ヨウ君はちっとも小さくなんてない」。

これは相当「男らしさ」から遠いことだよ、死んだばあちゃんの部屋で、ひとりで泣くなんて。「エミコは空を見ていて、急に泣き出した」どうしてでしょう？　その答え、今なら分かるよ。「エミコにも分かりません」だ、馬鹿やろう。

七福神の刺繍は、汚くて、ほとんど見えなくなってた。その中でもひとり、なんとか顔が見える神様がいた。腹が出てて、耳が相当大きい、そいつは、なんだか、ばあちゃんに似てた。お母さんがもう一度呼びに来るまでには、泣き止まないと。俺はゴシゴシと目をこすって、もう一度ヘビの皮を見た。シワシワのそれは、まるでばあちゃんの皮膚を、剝ぎ取ったみたいだ。

ふたり流れる

市川拓司
絵　いとう瞳

祖父の七回忌で九ヵ月ぶりに実家に帰った。法要のあと、母から奈月が自宅で療養中だと聞かされた。

「療養？　病気なの？」

「夏風邪をこじらせたんだって。長いわよ。もうひと月は超えてるんじゃないかしら」

日はとっくに暮れ落ちていたが、奈月の様子を見に行くことにした。三軒隣の幼馴染み。こういった間柄に時間は関係ない。

呼鈴を押すと、奈月の母親が出てきた。ぼくの顔を見て大袈裟《おおげさ》に驚く。

「久し振りじゃないの。元気だった？」

はい、とぼくは答えた。「奈月、具合悪いんですか？」

「うん、まあね。でも、孝ちゃんの顔見ればあの子も元気出るわよ。見舞ってやって」

あとでお茶持っていくから、と彼女は言って奥に消えた。玄関脇の階段を昇り、二階にある奈月の部屋に行く。ドアをノックして、「孝夫だけど」と声を掛ける。

いつもなら「ああ、孝夫？　入って」とすぐに返事があるのだが、今日はしばらく間が空いた。「孝夫？」と訝《いぶか》るような小さな声。「そうだよ。入っていい？」「ちょっと待って、と言われ、ドアの前で所在なく佇《たたず》む。「いいわよ。入って」

奈月はバラ柄のパジャマにカーディガンを羽織り、ベッドの縁に腰掛けていた。久し振りに見る彼女は、ずいぶんと痩せてしまっていた。伸びた髪が肩に掛かっている。

「大丈夫か？」と思わず訊いてしまう。大丈夫よ、と彼女は笑った。でも、声に力がない。元気印の元スプリンター。いまは農協の看板娘。こんな弱々しい笑みは奈月には似合わない。

彼女の母親が紅茶とスコッチケーキを運んできてくれた。しばらく質問攻めにあう。

東京の仕事はどうなの？　はい、なんとか。こっちに戻ってくる気はないの？　いや、どうだか。こっちだと仕事ないし。少し背が伸びた？　いや、そんなことはないと思います。じゃあ、痩せたんだ。ちゃんと食べてる？　はい、まあ。外食とコンビニですけど。

彼女が部屋を出て行くと、奈月とふたり顔を見合わせて笑ってしまった。

「相変わらずだな」

「そうね。あのひとだけは変わらないわ。百歳まで生きるんじゃないかな」

「オヤジさんは？」

「なんとかやってる。リハビリのおかげで手もずいぶんと動くようになったし。また製材所に通い出したの。まだパートタイムだけど」

「そっか。そりゃ良かった」

亜希ちゃんに聞いたわよ、と彼女がどこか戯《おど》けた調子で言った。

「なにを？」

「結婚」

「オレが？」

そう、と彼女は言った。「お兄ちゃんが、東京のひとと結婚するんだ、そのひとは広尾に住んでるんだって、興奮してた」

「バカか。田舎もの丸出しだな。だいいち、それはデマだよ」

　デマなの？　と奈月が訊いた。奇妙なほど真剣な表情だった。

「ああ。まだ勤め始めて三年だよ。結婚する金なんかありゃしない」

　お金か、と奈月が言った。含みがあるような口調だったが、ぼくは何も言わなかった。

　本当に広尾なの？　しばらくしてから彼女が訊いた。ああ、とぼくは答えた。どうやらね。へえ、と彼女は言った。そして、少し間を置いてから、そうなんだ、と続けた。

「それより奈月はどうなのさ。謙治とはどうなったの？」

　別に、と彼女は言った。別に？

「だって、もともとどうでもないし」

「ありゃりゃ、謙治かわいそう」

　ぼくの言葉に、奈月がくすりと笑った。

　こっちには、とぼくは言った。ここで言う「こっち」とは、東京のことだった。

「出てこないの？　前言ってたじゃん。都立大学に住んで、代官山で働きたいって」

　無理よ、と彼女は言った。まだ笑みを浮かべてはいたが、どこか寂しそうだった。

「それは夢の話。あのときは本気だったかもしれないけど、まだ子供だったのよ。現実が見えてなかった。うちみたいに高齢の親がいて、しかもひとりっ子じゃ、町を出ていくのは簡単なことじゃないの」

それに――と奈月は言った。

彼女がちらりと視線を送った先には、たくさんの薬が入ったプラスチックケースがあった。どう見ても過剰だった。夏風邪にこれだけの薬。

まあね、とぼくは言った。

「たいしたところじゃないぜ、東京だって。カタログ雑誌みたいなもんだよ。モノはいっぱいあるけど、眺めるだけさ」

「それだって楽しいのよ。女の子は」

ふーん、とぼくは言った。「そんなもんかな。オレはこの町のほうが好きだけどな。水は綺麗だし、ひとは少ないし」

なら、と彼女が言った。「帰ってきなよ。いまじゃなくてもさ、いつか」

それもなあ、とぼくは言った。頭の後ろに手を組み、天井を見上げる。

束の間の沈黙が訪れた。窓を叩く風と、微《かす》かに聞こえる階下のＴＶの音。そして奈月の溜息。

昔ね、としばらくしてから彼女が言った。うん。

「たぶんあれはまだ中学入ったばかりぐらいの頃」

「うん」

「夢を見たんだ。孝夫が出てくるの」

「へえ、オレが？」

「ふたりでさ、なんだかすごく垢抜けた街にいるのよ。どこだか分からないけど、すごく綺麗な街。街路樹があって、建物はぴかぴかで、ショーウィンドウには、外国の服とか靴とかがいっぱい飾られてるの」

「ああ、そりゃいいね。ついでに本屋と模型屋もあるといいな。あと、うどん屋も」

きっとあるわよ、と彼女は言った。そこをね、ふたりで歩いているの、手を繋いで。

「その話聞いたかな？」

「言ってないと思う。なんだか恥ずかしかったから」

うん、とぼくは頷《うなず》いた。だよね。

「楽しかったなあ。ソフトクリーム買って一緒に食べたり、おそろいのシャツ買ってみたり」

「オレが？」とぼくは訊いた。「奈月と？」

「子供だったのよ。いいじゃない、夢なんだから。夢にまで責任は持てないわ」

そうだね、とぼくは言った。奈月が顔を赤くしたのが、なんだか可愛かった。そしてぼくは突然思い出した。

「そういや、オレもその頃、奈月が出てくる夢を見たことあるな」

どんな？　と彼女が身を乗り出して訊いた。

水なんだ、とぼくは言った。「すごく広い湿地。水郷地帯って言うの？　葦《あし》が生えた湖沼がどこまでも広がっていてさ、ところどころに水田もある」

「うん」

「そこに水路があるんだ。延々何百キロも続く水路」

「まっすぐに？」

「そう、まっすぐに。あんまり人工的な感じはしないんだけどね。水路の両側は、田んぼの畦《あぜ》みたいになっていて、場所によっては、葦原にすっかり囲まれてしまうこともある」

「幅は？」

こんなもん、とぼくは両手を広げた。「狭いよ。そこを小さな舟で流れていく。棹《さお》はあるけど、使わない。オレが前で、奈月が後ろ」

わたしが後ろ、と彼女は言った。

「そうだよ。ゆっくりとね、流れていく。何時間かおきに、大きなアーチ状の橋の下をくぐるんだ。両端が見えないぐらい長い橋でさ、高さも何十メートルもある。灰色のコンクリート橋。それが、目印になるんだ。どのくらい進んだかの」

すごいね、と彼女は言った。それで？

「それだけだよ」

「それだけ？」

「うん、ただ流れていくだけの夢」

少し拍子抜けしたような顔を見せていたが、やがて彼女は嬉しそうに微笑《ほほえ》んだ。

「いい夢かもね」

「そうかな？」

「なんだか幸福そうじゃない、わたしたち」

「ああ、そうかもね。たしかに、悪くない気分だったよ」

いいな、と彼女は言った。すん、と鼻を啜《すす》る。

一瞬、泣いているのかと思った。けれど、彼女がいきなり立ち上がって窓に向かったので確かめることはできなかった。

ありがとう、と奈月はぼくに背を見せたまま言った。

「なにがさ？」

そうね、と彼女は言った。

「お見舞いに来てくれたこと」

たいしたことじゃないよ、とぼくは言った。

「また、明日も来るよ。休暇長めにとったから」

うん、と彼女は言った。

「なんだか――今夜は、いい夢が見られそう」

オレもさ、とぼくは言った。

振り返った彼女の目に涙はなかった。でも、鼻の頭が少しだけ赤くなっていた。

ハントヘン

堀江敏幸

絵　中村純司

四十年前のその日、わたしは灰色のコンクリートで固められた防波堤のようなホームのうえに立っていた。

改札の駅員に指示されるまま、そんなところに隠れていたなんてまったく知らずにいた深く長い地下道をたどり、使い慣れている鉄路の下をくぐってふたたび地上に出ると、そこからまっすぐに歩き始めた。かなりの時間が経過しているのに、なぜか表示板ひとつあらわれない。幅十メートルほどの素っ気ない道が先へ先へとつづいているだけで、駅名や番線表示の看板もなければ、ベンチや売店もなかった。切符を確かめた駅員は、あの扉の向こうの地下道を抜けたホームで待って、先頭車両のC８番の席に座ってください、と落ち着いた口調で教えてくれたのだが、問題の列車が何時何分発なのかは口にしなかった。

わたし以外に、客の姿はなかった。ほんとうにここは、いつもとおなじ駅の敷地なのか？　それにしては、隣にあるはずのホームが見えないし、一帯ではかなり目立つ高さの古い駅舎の裏手が確認できなくなっている。標準的な列車の長さに比して、ホームの規模も大きすぎるように思われた。何両編成の列車が来るのだろう？　停車位置を示す印もないのだから、もしかするとまだ正真正銘のホームにたどりついていないだけなのかもしれない。改札の駅員は、これまで一度も見たことのない慇懃《いんぎん》な感じの男だった。制服には汚れひとつなく、切符にパンチを入れてくれたほうの袖に近衛兵のような金の縁《ふち》飾りがあったところを見ると、特別列車の運行は彼にとっても重要な出来事なのだろう。妙な雰囲気ではあったが、いまさら引き返すわけにはいかなかった。とにかく列車の気配がするところまで歩いてみよう。道ならぬ道ではあれ、まっすぐに伸びているのだから、迷うことはない。

　とはいえ、夜明けの靄があたり一面に低くひろがり、視界がぼやけ始めていた。その靄をゆっくりと押し流す湿った微風に少し汗をかいた首筋が撫でられ、あっというまに熱が吸いあげられていくのがわかる。それなのに、肺に入ってくる空気は湿っていなくて、呼吸をすればするほど身体の芯が乾いていくように感じられた。かつて入ったことのある鍾乳洞の、最深部で味わった感触にそれは似ていた。あたためられて上昇することもなく、気の遠くなるほどの歳月そこに閉じ込められていた空気が、人の出入りによってゆるゆると動きだしたときの、もどかしさと新鮮さがまじりあって生まれる心の渦のようなものが、穴のなかではないむきだしの空間に漂っていた。

靄のなかで、時間の感覚も徐々に薄れていく。駅舎のファサードでも、改札口のうえの壁でも動いていた大きな丸い時計が、そこにはなかった。それどころか、どのようなかたちであれ時を知らせる装置が見あたらないのである。知らされない時間のあいだを縫ってやってくる列車は、右と左のどちらに停車するのだろう？　わたしは漠然と、向かって左側に意識を集めていた。地下道を通ってきたときの方向感覚が正しければ、左のほうが駅舎から遠い側にあたり、未知の村へ出かけるにはなるべく離れたホームから出るのがふさわしいと思ったのだ。途中、どうしても我慢できなくなって左側のホームの端にかがみ込み、そっと下を覗いてみると、驚いたことに、砂利がまかれているだけで線路は敷かれていなかった。つまり、このコンクリートの道が嘘偽りない列車のホームならば、残された右側だけが鉄路として使われていることになる。念のために右側も調べておこうかという気持ちを、しかし、なんとか抑えた。もし右側にも線路がなかったらますます不安になるだろう。

人影はまったくなかった。ゴム底の靴をはいているために足音が吸われ、かかとを地面につけるときクックッと鳥の鳴き声のような音がする以外、あたりは文字どおり森のなかを思わせるほど森閑としていた。足音よりも左肩にさげているリュックがT

シャツとすれ合う音に、鼓膜が敏感に反応してしまう。リュックのなかには、お金、旅券、最小限の着替えと筆記用具、ポケット版の世界地図、方位磁石、それからビニール袋で幾重にも包んだ薬が大量に入っていた。体調を崩した場合の用心にではない。旅の目的は、その薬をある人に届けることだったのである。

ハントヘンのおじ貴の具合が悪いらしいと父親が切り出したのは、その前の晩、夕食を終えたあとのことだった。父親は縁故をたどり、まる一日掛けて、処方箋《しょほうせん》なしでは入手できない医薬品を幾種類も取りそろえてきていた。

「いくら医者に行ってくれと頼んでも、命にかかわることじゃないと言って、きかないんだそうだ。しかし、自前の薬草に頼っているだけではもうらちがあかないところまできているらしい。そこで、なんとか抗生物質入りの薬を届けてもらいたいと、さる筋から連絡があった。ハントヘンへの列車が、何年かに一度、不定期にしか運行されないことは、おまえも知っているな。先の報せは六年前に届いたものだ。すぐに送ろうと考えても、そこにモノを届ける列車がつぎにいつ運行されるのかわからない。そのあいだはなにをどうあがいても詮ないことだから、ずっと待っていた。それでだ、明日の朝、六年ぶりに列車が運行されると通達があった。ただし、その列車には、十五歳の男の子しか乗ることができない」

父親は、そこでいったん言葉を切った。

「親族も含めて、村で条件を満たすのはおまえしかいない。行けば数年は戻れないだろう。あるいは、永久に戻れないかもしれない。だがな、おまえが行かなければ、みなが罰せられることもわかっているのだ。この薬を持って、夜明けに村を出ろ」

連絡って、いったい誰から？　罰せられるって、誰に？　わたしにはなにひとつわからなかった。

「列車が停まったら、そこで降りる。降りたあとのことは、手配されているはずだ」

父親は無念そうに、夜のなかにうずくまっている連山の影を見つめた。

ハントヘンという不思議な音を持つ山間の村の話は幼い時分から耳にしていたし、おじに当たる人が、漢字では板戸辺と書くその小さな村で暮らしていることも知っていたのだが、一度も訪ねたことはなかった。父親とおじ貴は五歳離れていて、母親がちがっていたにもかかわらず、ふたりを見ればみなが自然と笑みを浮かべるくらいよく似ていた。仲もよかったという。ところが、そのおじ貴は、十五歳になった朝、とつぜん父親の前から姿を消し、以来、一度も会うことがなかった。おじさんではなくつねに「おじ貴」と呼ばれる父の異母兄は、だからわたしにとって、架空の国で生きているように希薄な存在だったのである。

はじめてハントヘンという音を聞いて意味を尋ねたとき、おまえのおじ貴が住んでいる、遠い山の村の名前だ、と父親は言った。鉄道の駅はあるけれど、何年、何十年かに一度、特別に許可された列車が停まるだけで、あとはどこからも閉ざされている、その先にもあとにも駅はない、この村とハントヘンだけを結ぶ路線があるのだ、と。なぜおじ貴がそんな土地で暮らしているのか、なぜ列車の運行に特別な許可が必要なのか理由を問いただしても、父親は、詳しい事情は誰も知らされていないし、また知ろうとしてはならない、と繰り返すばかりだった。ハントヘンには役所の許可が必要とされるケシの亜種をひそかに栽培してそこから金をひねりだす組織があり、おじ貴はその長だという噂もあった。父親ははっきり口にしなかったが、薬草の栽培は板戸辺に古《いにしえ》より伝わる産業のひとつだとされていたから、あながち的はずれではなかっただろう。薬草園は、姿の見えない連中が管理している聖域だった。

六年前の手紙で具合が悪いと知らされていたおじ貴の体調がその後どうなったのか、それはこれからわたしが、つまり当時十五歳の少年だったわたしが確かめに行かなければならないことだった。あの郷里の駅のホームには、時間が流れていなかった。わたしはどこにもない時空にすっぽりとはまり、ただ足を前に進めているだけで、じっさいには一歩たりとも移動していなかったかもしれない。空腹を覚え、喉が渇き、疲れて足がむくんできた頃、ふいに、ホームの右側から、「板戸辺」というプレートを掲げた列車が音もなく入ってくるのが見え、気がつくと、わたしはその特別列車の、たったひとりの乗客になっていた。

どのくらい乗っていたのか、もう記憶にない。列車はあのホームとうりふたつの、表示もなにもない、靄に覆われた場所に停まった。そこがほんとうにハントヘンの駅だったのか、いまだに確かめようがない。ただひとつちがっていたのは、白い犬がいたことだ。眼を合わせると、犬は静かに歩き出し、わたしを靄の向こうの村に導きはじめた。おじ貴は、未知の甥っ子の到着を待っていたかのように息を引き取り、代わってわたしが禁断の植物を栽培するようになって、いつのまにか歳月が夢のように過ぎ去った。その間、特別列車は、ついに一度も運行されなかった。

長年の過酷な労働がたたってこのところ体調がすぐれず、ほとんど家で寝たきりの状態である。先は、そう長くない。もうろうとした意識のなかで、明日、郷里の村に向けて特別列車が出るらしいという声が聞こえてくる。いずれまた、何年か後には、ここに十五歳の少年がやってくることだろう。おじ貴が、またこのわたしがそうであったように。

雲の下の街

柴崎友香

絵　田雜芳一

電車なんてどれも造りはたいして変わらないはずなのに、なんでこんなに雰囲気が違うんだろう。

向かいの座席で眠る女子高生や携帯のゲームに夢中のスーツ姿の男の人を見ながら思った。窓の向こうには、緩《ゆる》やかな傾斜地にもう新しくはない一戸建てがどこまでも並んでいるのが見える。梅雨《つゆ》入り前の薄曇りの日差しに、土曜日の風景はどこまでも妙にくっきりとしている。初めて乗る急行列車は、東京の都心からはもう随分《ずいぶん》と離れ、聞いたこともない名前の駅をどんどん通過して、やっと母から教えられた乗換駅のアナウンスが聞こえた。

「植木屋さんをお願いしないといけないんだけどね」

「ああ、うちも柿の木がだいぶ伸びちゃって」

おばあさんに近い年齢の二人連れがそう話すのを聞き、そういえばわたしは植木屋さんて見たことがないと思いながらホームに降りた。周りの土地よりも高くなっているらしく、ホームの端から、駅前の商店街とそのずっと向こうに新緑に囲まれた川が見えた。遠くまで山が見えない風景に見覚えがあり、ここ、ほんとに来たことがあったのか、と思った。

母のいとこにあたるおばさんの十七回忌に、たまたま東京出張の時期が重なったわたしが母の代理で出席することになった。おばさんと仲の良かった母によると、わたしが生まれたころはまだ大阪にいたおばさんにとてもかわいがってもらっていたらしいのだけれど、わたしはまったく覚えていなかった。お葬式のとき、今から行く街へ家族全員で行ったというのも、そういわれればそんな気もする程度にしか記憶がなかった。

しばらく停車している普通列車の座席にいると、法事のためのスーツの黒い生地《きじ》が日光を吸収して暑かったので脱いだ。顔をうしろに向けて川のほうを見ると、やっぱり来たことがある、と思った。屋根の低い街並みを見ているうちに、五階建ての団地の風景が、脳裏《のうり》に浮かんできた。それは子どものころ何度も見た夢の中の街だった。

その夢はつながりのないようないくつかの場面が出てくるのだけれど、いつも順番は同じだった。何ヵ月かに一回、忘れたころにまた見るという感じだったけれど、中学に入るころにはもう戻ってこなくなった。

　夢の中でわたしは雲の上にいて、あ、またいつもの夢だと思う。雲の端まで歩いていって下を覗《のぞ》き込むと、街が見える。雲はかなり低いところにあるのか、整然と区切られた街路を歩いている人の顔もはっきりと見える。五階建てくらいの四角い団地が建ち並んでいて、ベランダに人がいる。もっとよく見ようと思うと、急に、上から見ていた団地の階段の踊り場に立っていて、そこから階段のすぐ上にあるクリーム色の玄関扉を開ける。開けると、団地にしては広い玄関で、うちのお風呂よりも広い、とわたしは毎回思う。


　各駅停車しか停まらない小さな駅のロータリーで、待っている車はすぐにわかった。あゆみちゃんという、わたしと同い年の、そのおばさんの姪《めい》が迎えに来ると聞いていた。

「遠かったでしょ。暑いし、大変だね」

ハンドルを握って前を見たまま話すあゆみちゃんは、黒いワンピースに茶色い髪をべっこうのクリップでまとめていた。友だちみたいに話すので、わたしの緊張は多少やわらいだ。

「思ったより遠いから、途中で心配になった」

白の軽ワゴンの後部座席は上げられて、工具が入った段ボール箱が置いてある。ダッシュボードも地図やポイントカードが散らかっていて、どうも誰かの車を借りて乗ってきたようだった。広い駐車場があるコンビニの前の信号待ちで、あゆみちゃんがわたしを見て言った。

「顔変わらないねえ、祥子《しょうこ》ちゃん。見た瞬間にわかっちゃった」

わたしは、あゆみちゃんに初めて会ったと思っていた。雲の切れ間から差してきた日が、あゆみちゃんの白い手を照らした。


夢の中で、知らない家の玄関を入ったはずなのに、道を歩いている。道は白と灰色のしましまで、両脇に並ぶ二階建ての家はもっと細いしましまで、自分の両腕や脚は斜めのしましまになっている。そしてそのしましまはみんな、ゆらゆらと動いている。上を見ると、雲と空はそれぞれ濃さの違う灰色でやっぱりしましまになっていて、それを見ているとき、わたしはいつも楽しい気持ちがした。

次の場面では、山の上にいる。とても高い山の岩が剝《む》き出しになったところだけれど、スキーのジャンプ台みたいにつるっとした下り坂になっている。硬い岩に、雪がところどころ積もっている。わたしが座っているのは山のてっぺんで、そこは空とくっついている。座っていても、青い青い空に頭がつっかえそうだった。わたしはそこにじっとしていて、滑り降りるのを待っている。その場面は、いつも怖くて、怖いなと思っていると目が覚めるのだった。そして目が覚めたあとで、その山には誰かといっしょに座っていたような気がするのだけれど、その誰かはいつも夢の中には出てこなかった。

「覚えてないの？　うちに泊まって、猫が怖いって泣いてたよ」

車は、五階建ての団地の間を通る道に入った。わたしは、布団が干してあるベランダを見上げた。

「覚えてない」

「わたしは覚えてるよ」

五階建ての団地のどこかがおばさんの家なのかと思ったら、車はあっさりとその区画を抜け、なんの野菜かわからないが大きな葉が広がっている畑の脇道へ出た。そのあいだあゆみちゃんは、長生きしたその猫が三年前に死んだときの話をした。

畑を抜けると幹線道路に出て、すぐ正面にあるスーパーの脇の駐車場に、あゆみちゃんは車を停めた。

「お茶とお菓子」

それだけ言って車を降りたあゆみちゃんのあとを、わたしは慌《あわ》ててついていった。車から降りると、あゆみちゃんはわたしより背が低いことに気づいた。いかにも喪服《もふく》らしいワンピースを着ているけれど、不似合いにかかとの厚いサンダルを履いていた。

わたしが押すカートのかごに、あゆみちゃんはペットボトルやお徳用パックのせんべいを迷わずに入れていった。広々とした店内は、まとめ買いをする家族連れで適度に混雑していた。表では、地元で採れた野菜が安く売られていて「週末市」の幟《のぼり》が立っている。

冷凍食品の棚の前をすたすた歩いていくあゆみちゃんに、わたしは声を掛けた。

「何人ぐらい来るのかな」

「さあ。このへんは、近所のつきあいも多いから、結構いるんじゃない？」

あゆみちゃんは歩きながら髪をまとめ直し、アイスクリームのぎっしり詰まったフリーザーの前で止まった。

「どれがいい？」

「今食べるの？」

「帰ったら、取られちゃうじゃん」

あゆみちゃんは、たぶんきょとんとしているわたしの顔を見て、にーっと笑った。

「子どものとき、祥子ちゃんのアイス、食べちゃってごめんね。だから、今日会ったらお詫《わ》びにごちそうしなきゃと思ってた」

「子どものとき？」

あゆみちゃんは黙って肯《うなず》き、フリーザーの扉を開けた。冷やされた空気が、わたしたちのほうへ滑り込んできた。

「じゃあ、前と同じのにしようよ。豪華版で」

あゆみちゃんは、新発売のプレミアムアイスクリームの苺《いちご》フレーバーを二つ取って、かごにいれた。

おばさんのお葬式のとき、わたしは確か小学校三年生だった。もっと覚えていてもいいはずなのに、なぜわたしは忘れているんだろう。それに母も、迎えに来る女の子とわたしが遊んでたなんて、一言も言わなかった。お葬式の間は大人は忙しくて、子ども同士で勝手に遊んでたっていうことなんだろうか。そういえば、おばさんのところにも同じくらいの年の兄妹がいるとは言っていた。

暑くなった車の扉を開けっ放しにしたまま、苺味のアイスクリームを食べた。あゆみちゃんはあっという間に食べてしまい、車を出すとき、まだわたしのは半分も残っていた。子どものときはなかったような、ほんとうの苺とミルクの味だった。

車は幹線道路を外れ、古くて広い家が並ぶ地区へさしかかった。雑木林《ぞうきばやし》の若い緑色が、内側から光っているみたいな色だった。中学校があり、水の抜かれたプールの底の水色が金網越しに見えた。

「ねえ、あゆみちゃんはあの学校？」

「違う」

緩やかな上りのカーブを、あゆみちゃんは滑らかにハンドルを切った。

「おばさんが、あの学校の先生だったんだよ」

「へえー。なんの先生」

「なんだろ。国語か英語」

「何歳だったのかな。亡くなったとき」

「三十ぐらいかな。今のわたしたちとそんなに変わんないよ」

「そっか」

「お葬式、ちゃんと出ればよかったね。隣の家で隠れたりしてないで」

あゆみちゃんはそう言って笑った。


おばさんの家は、古い木造の平屋だった。生け垣に囲まれて、前庭に自動車が三台停まっていた。

「大阪の祥子ちゃんが来たよー」

あゆみちゃんのあとについて入った玄関は、夢に出てきた玄関とよく似ていた。襖《ふすま》が外された広い和室にはもういっぱいになるくらい人がいて、わたしは誰が誰かわからないまま、春江《はるえ》の長女ですと繰り返して頭を下げた。背中をつつかれて振り返ると、上がりがまちに小学校の制服を着た小さい女の子が立っていた。その隣であゆみちゃんが、

「わたしの娘」

と言った。

衣がえ

長野まゆみ

絵　望月通陽

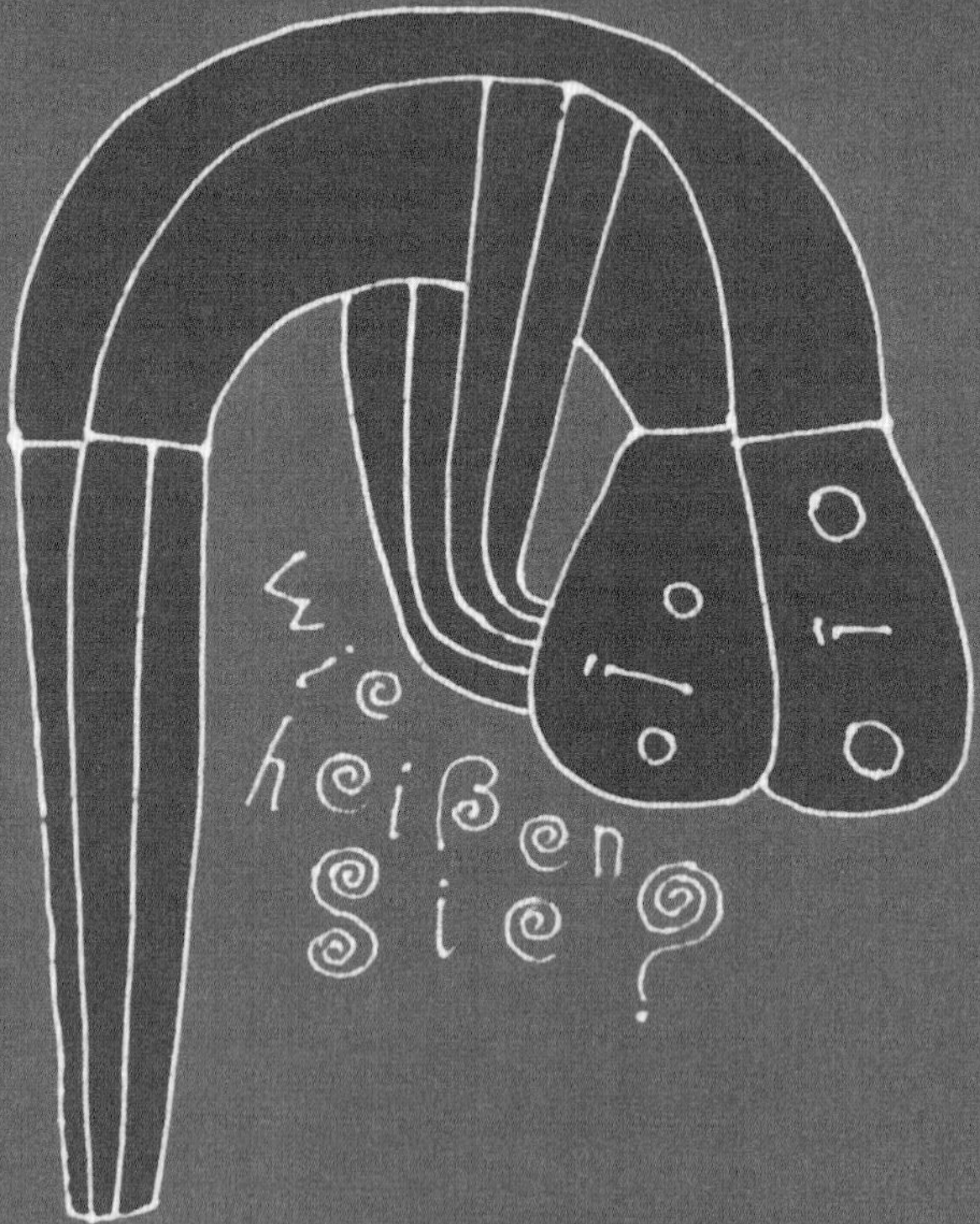
Wie heißen Sie?

待ちあわせに指定されたのは「パリジェンヌ」という、どうにも気はずかしい名の喫茶店だった。通行人の目を気にしながら、白い扉《とびら》をあけた。ここで、とある老婦人の茶飲み相手をすることになっている。

こづかいかせぎをしてみないか。Sと名のる学生が話を持ちかけてきたのは、ぼくが大学の屋内プールの更衣室《こういしつ》で服をさがしているときのことだった。水泳の集中講習に出席すれば単位がもらえるという授業を終え、シャワーをあびてもどってきた。

なぜか、ロッカーにいれておいたはずの服が消えていた。鍵《かぎ》のしめわすれで、盗難にあったらしい。財布に小銭しかいれておかなかったのは、せめてもの救いだ。Sとは初対面だが、感じのよい人物だった。ありがたいことに、よぶんな服を持っていると云《い》う。

喫茶店で二時間ほど過ごせばよい。Sに急用ができ、約束の時間に顔を出せなくなった。年寄りのおしゃべりを聞くだけで五千円だと云うので、悪くない話だと思って代理を引きうけた。服も借りられたうえ、Sは気前よく報酬《ほうしゅう》を前ばらいしてくれた。

ぼくはコーヒーを注文して、老婦人が来るのを待った。Sに借りた服を着ている。なんの革《かわ》だかわからないが、柿色に染めた上着と、濃い渋紙色《しぶがみいろ》のハイネックのセーター、それに茶系のジーンズである。ありえない色ではないが、なにもわざわざその色にしなくても、と云いたい。Sが選んだのだとすれば、よほどの変わり者としか思えない。しかし、裸でいるよりはましだ。

更衣室のロッカーの鍵をどうしたのかおぼえていない。そもそも、プールの授業のこともさっぱり思いだせなかった。この借りものの革の上着はかなり古びて黒ずんでいる。やけに重く、からだにのしかかってくる。なんの革にせよ、獣《けもの》を一匹背負《せお》っているような気分にさせられた。

子どものころに見た夢を思いだした。凪《な》いだ海で泳いでいた。海水は糊《のり》のようにどっしりと重く、指先でつけた筋がいつまでも残るほどだった。それで油断して、高波が迫っているのを見のがした。不意に、頭から波をかぶった。そのさい、海草のようなものが背中にこびりついた。手ではらいのけようとしたが、ぬるぬるとして、つかめない。あきらめて、そのままにしておいた。するとだんだん背中が重くなり、浮いていられなくなった。

背中にのしかかるなにかは、引っぱってもはがれず、からだをゆすっても落ちない。ぼくは沈みそうになりながらも、なんとか岸まで泳ぎつき、砂浜へからだを投げだした。すると背中から、赤褐色《せきかっしょく》で毛の長い動物が転げおちた。オランウータンのようだと思った。海にそんなものがいるはずはないが、しょせんは夢だから理屈はとおらない。その生きものが口をきいた。

命びろいしたな、と云った。そのあとで、二度目はないぞ、心して生きろ、といくぶん凄《すご》んで海に消えた。

老婦人は時間どおりにあらわれた。おどろくほど、ふつうの年寄りだった。白髪《しらが》が大半の髪をパーマをかけずに短かめにととのえている。毛糸編みの薄い紫のカーディガンに、こまかい花がらのハイカラーのブラウスを着て、ウール地のスラックスをはいている。

「……同窓会があって、おめかしをするつもりで貸し衣裳《いしょう》の店へ行ったの。」

こちらが名のりもしないうちに、老婦人は話をはじめた。聞き手が誰かなど、気にしないのだ。家でくつろぐように編みものをひざにかかえ、手を動かしている。

「その店は知りあいに教えてもらったんだけど、看板も表札もないふつうの家でね。玄関で靴をぬいだら、受付で会費をはらうの。座敷に洋服かけがならんでいて、そこへどっさりいろんな服がつるしてあったわ。好きなのを選んで、更衣室で着がえるの。だけど、みんな平気で下着で歩きまわってるのよ。男も女もまじって。」

テーブルの片側は壁によせてある。その壁に鏡がつるしてあり、柿色の上着の、やや居心地《いごこち》の悪そうな若者が映った。自分の姿というより、どこかの見知らぬ者のように思えた。

老婦人のおしゃべりはつづく、貸し衣裳屋では、なるだけ若く見えるような服を選んだ。女主人が髪をととのえてくれ、化粧もなおしてくれた。姿見にはまだ女盛りの艶《あで》やかな姿が映った。

「気にいったなら、服は返さなくてもいいと云ってくれたの。そのかわりに、誰か若い子の服をもらってきてほしいと頼まれたの。ほら、若い人はまだ着られる服でもあっさり捨ててしまうでしょう。もったいないものね。」

老婦人は女主人に気安くうけあって、貸し衣裳屋をあとにした。翌日の同窓会も、楽しくすごした。

「ためしにと思って、母のかわりに参上しましたって、云ってみたの。そうしたら、みんな本気にするの。肌もすべすべで、ひざも腰も痛まなかった。自分のからだではないような気分がしたわ。」

やがて、交際相手もできた。老婦人にとって夫を亡くして以来、二十年ぶりのことだった。浮かれてすごし、貸し衣裳屋に若い子の服を持ってゆくという女主人との約束をわすれはてた。

だが、貸し衣裳屋のほうではわすれていない。女主人は約束が守られないことに腹をたて、息子をつれて服をとりかえしにやってきた。老婦人はふたりにおさえこまれ、まるで抵抗できなかった。服を脱がされ、かわりに年寄りの服を着せられた。

からだが自由になったとき、もとの自分よりも老けこんだ姿に茫然《ぼうぜん》とした。「お婆さんの皮をかぶせられたのよ。」老婦人は、そんなふうにおおげさな云いまわしで嘆《なげ》いた。

「だから今は、若い人の皮がほしいの。男でも女でもいいんだけど。」と、服と皮を云いまちがえたことには気づかないようすでつけくわえた。白のエプロンをした「パリジェンヌ」の店員が、トレイにフルーツパフェをのせてくる。老婦人が追加で注文したのだ。スプーンをくるんだ薄紙をほどきながら、ぼくを見た。

「あなたが着ている服も、きょうが返却日よね？」

あいにく、それは知らなかった。Sの説明もなかったが、返却の予定があったのだとすれば、よぶんな服を持っていた理由もうなずける。

「あの女主人が服をとりかえしにくるかもしれないわ。もしよかったら、わたしが届けてあげましょうか。ついでがあるの。あなたの服は、ここへ持ってきたのよ。」

紙袋を手渡された。中をのぞいてみると、それは、ぼくがプールの更衣室で失《な》くしたシャツとジーンズだった。ありがたいことに、財布もあった。なぜ、老婦人がこれを持っているのかは謎だったが、ぼくとしては貸し衣裳屋の女主人に道ばたで身ぐるみはがれることのほうが、さしせまった問題だった。老婦人の申し出にしたがい、着がえることにした。紙袋をさげて、トイレにはいった。

しかし、あらためて袋からとりだした服は、ぼくをたじろがせた。さきほどまで老婦人が着ていたそれなのだ。薄い紫のカーディガンと、花がらのブラウス、ウールのスラックス。

そしてぼくは、水着だった。急に頭が痛みだし、その場へしゃがみこんだ。背中になにか重たいものが乗っている。赤褐色の毛を持った生きものにちがいない。また、やってきたのだ。二度目はないぞ、と云われたのを思いだした。……でもあれは、夢だったのだ。ぼくはその長い毛をつかんで、やっとの思いで背中から引きずりおろした。すると、どうにか息ができるようになり、からだも軽くなった。しょうのないやつだ、古着だが、これでがまんしろ。ないよりはましだろう、と声がした。

いつのまにか、テーブルにもどっていた。フルーツパフェが目の前にあった。クリームがとけかけている。コーヒーカップはひとりぶんだ。向かいは空席で、老婦人は姿を消している。……はじめから誰もいなかったのかもしれない。

ぼくはきょうのできごとの順を追って、何が起こったのかを整理してみた。プールの授業のあと、更衣室でSに声をかけられ、服を借りて。いや、ちがう。思いだすべきなのは、その前だ。寝坊して、プールの授業に遅刻しそうになり、大あわてで更衣室へ飛びこんだ。遅刻では単位をもらえない、とのうわさがあった。せわしなく着がえ、はだしで通路を走った。うっかり足をすべらせ、頭を強打した。

店の扉をあけて若い男がはいってきた。ぼくが失くしたシャツとジーンズを着ている。……ぼくが歩いてくる。

「お待ちになりましたか？」

若い男は、親しげな表情で笑いかけてくる。ひょっとして、ぼくのうしろに彼の連れがいるのかと、ふりかえって確かめた。誰もいない。ふと、鏡のなかの自分と目が合った。こちらを見つめているのは、薄い紫のカーディガンを着た老婦人だった。

おしっこを夢から出すな

穂村 弘

絵 ささめやゆき

子供の頃、おしっこをする夢をみた。
目覚めると、パンツが濡れていた。
しまった、と思う。
どうしよう。
気持ち悪い。
恥ずかしい。
叱られる。
どうしよう。
ひとりでなんとかしようとして、しかし、必ず母に気づかれる。
本当におそろしいのはそこまでだ。
気づかれてしまえば、罪の時間は終わる。
罰の記憶はない。

寝る前に水を飲むから、とか、西瓜《すいか》の食べ過ぎ、とか、眠そうに呟《つぶや》きながら母が新しいパンツを出してくる。

花火をしたからだ、と暗闇のなかから父の声がする。

火遊びをするとおねしょするんだって。

ほんとかなあ、とふるちんの私は思う。

暖かいパンツに穿《は》き替えて、こっちに寝なさい、と母の布団を示されて（母はどこに寝たのだろう）、もじもじと恥ずかしく、でも、もう安心だ。

僕のせいじゃない、と思いながら眠りに墜《お》ちてゆく。

花火と夢とちんちんが悪いんだ。

大人になっても、おしっこの夢はみる。

でも、目覚めても、パンツは濡れてない。

ほっとする。

それから、ちょっと悲しくなる。

夢のなかで私は確かにおしっこをしていた。

なのに現実にはしていない。

ということは、自分でも気づかないうちに、心の深いところで我慢したのだ。

弱虫。

意気地なし。

びびり。

目覚めた私はぱんぱんの膀胱《ぼうこう》のまま、二階の寝室から階段を下りて一階のトイレに向かう。

夢から現実に戻ってきたからといって、どこにでもおしっこをしていいわけではない。

現実世界のところどころに設置されている白いOの字型の便器のなかにしか、してはいけないのだ。

ちょっとでもそこを外したら、零《こぼ》れたおしっこをトイレットペーパーで拭かなくてはならない。

紙に吸収させたおしっこを改めてOの字のなかに入れる。

これで全てのおしっこが、私の膀胱から便器に移動したことになる。

現実世界を統《す》べるルールのなんという厳密さだろう。

それを過酷と感じるとき、尻尾を巻いて優しい夢のなかに逃げ帰りたくなる。

でも、今のところ、なんとか現実に踏みとどまって、そのルールのなかでもがきながら戦っている。

　戦いは厳しい。

　夢から覚めた朝一番のおしっこは二股にわかれやすい。

　片方をOの字に入れると、もう一方が出てしまう。

　慌ててそっちを入れると、最初のが出てしまう。

　あ、あ、あ、とちんちんを振りながら焦りまくって結局は両方出てしまう。

　その話を女友達にしたら、ふーん、と云われた。

「それのどこが戦いなの？」

「え、いや、でも、朝一番のおしっこは勢いがあって、しかも二股にわかれやすくて……」

「女の子みたいに座ってすればいいでしょう」

「えっ」

「だって、立ってすると零しちゃうんでしょう」

「そうだけど」

「だったら座ってしなよ。今どき、気の利いた男性はみんなそうしてるよ」

「気の利いた男性って」

「SMAPとか」

「SMAPが座っておしっこを……」

「おねしょとか二股とか、一体どこが戦いなの？」

「………」

「あなたには生理痛も陣痛もないんだよ」

「う、うん。そうだね。ごめん」


その夜、うんこの夢をみた。

生まれて初めてのことだ。

夢のなかの時計にして一時間くらいうんこは続いた。長い。

でも、夢だから変だということに気づかない。

その途中で、目が覚めた。

夢、と気づいたとたん、恐怖で毛穴が開く。

あまりにもリアルだった。

まさか、とパンツに手を入れてみる。
おそるおそる。
大人の私は夢のおしっこには騙《だま》されない。
でも、夢のうんこは初めてなのだ。
本当にしているか、してないか、ちょっぴりしているか、全くわからなかった。
おしっこの場合、膀胱のぱんぱん感によって、目覚めた瞬間に無事を確信できる。
でも、うんこの場合は見当がつかない。
結果はちょっぴりだった。
あああ。
これで私も寝うんこ人間の仲間入りだ。
何故？
子供の頃でさえ、こんなことはなかったのに。
珍しい夢をみたせいか。
おしっこの夢に比べてうんこの夢がレアな理由はなんだろう。
まず現実世界におけるそれぞれの回数の違い。
平均して、おしっこ五回に対してうんこ一回くらいか。

便秘のひとの場合はその差がさらに大きく、ときには五十対一ほどにもなるという。

だが、考えてみると、現実の比率がそのまま夢に移行するわけではない。

現実の空を一度も飛んだことのない自分が夢のなかではしばしば飛行しているではないか。

むしろ影響が大きいのは、尿意と便意の性質の差だろう。

力を抜くだけでおしっこは出る。

一方、力を込めないとうんこは出ない。

眠りながら力を抜くのは自然だが、力を込めるのは不自然だ。

この違いが夢の世界における両者の出現率の差になっているのである。

だが、子供の頃もみなかった夢を今になってみたのは何故だろう。

便意の性質上、原理的にはみない筈《はず》のうんこの夢を。

もしかすると、あの我慢が関係しているのだろうか。

夢でおしっこをしても現実にはしてはならない。

夢のおしっこはあくまでも夢のなかに閉じ込めておくべし。

おしっこを夢から出すな。

その鉄則を守るために何十年にも亘《わた》って続けられる意識下の努力。

しかも、それで終わりというわけではない。

目覚めてからも戦いは続く。

現実世界における0の字ルール、不意打ちの二股パニック、女友達からの座りおしっこ提案、ＳＭＡＰへのライバル意識……。

目眩《めくるめ》くプレッシャーに押し潰《つぶ》された私の裡《うち》なる野性がついに反乱を起こしたのだ。

がががががががが。

しゅうううううう。

そして、本当の私が目覚めた。

『ドラゴンボール』の二十七巻で悟空がとうとう超《スーパー》サイヤ人になったように。

私はベッドに身を起こして、自分の頬や胸に触れてみる。

これが新しい私。

弱虫でも意気地なしでもびびりでもない新しい私。

一見すると少しも変わったところはない。

でも、違うのだ。

新しい私はうんこを漏らす。

うんこの夢をみた夜にだけ、そっと。
私は明日も夢をみるだろうか。
それは自分自身にもわからないこと。
隣で静かに寝息を立てている女に向かって、心のなかで問いかける。
貴方《あなた》は愛してくれるでしょうか。
ときどきちょっぴりうんこを漏らす男を。
夢と現実で同時に。

さらば、ゴヂラ

高橋源一郎　絵　しりあがり寿

わたしが子どもの頃よく見たのは「ゴヂラの夢」でした。

えっ、「ゴヂラ」じゃなくて「ゴジラ」じゃないかって？　あの円谷英二《つぶらやえいじ》が産みだした、偉大な怪獣「ゴジラ」だろうとおっしゃりたいのですね。

まあ、少し、わたしの話を聞いてください。

わたしだけではなく、わたしと同じ世代、わたしと同じ頃に生まれた子どもたちは、おそらく、みんな「ゴジラ」の夢を見たのではないでしょうか。というか「ゴヂラ」の。

「ゴジラ」というのは、日本が産んだ最強最大の怪獣です。放射能で巨大化したなにか（元々は何だったのでしょう？）が、怒りにかられて、日本に上陸し、建物を破壊してまわる。その形相《ぎょうそう》のものすごさに、日本の子どもたちは全員ショックを受けました。そして、「ゴジラ」は、「ゴヂラ」に形を変えて、夢の中まで侵入してきたのです。

ちょっと待ってください。

ここで、わたしは、「ゴジラ」と「ゴヂラ」の違いについて考えてみたいのです。

子どもの頃からずっと、わたしは「ゴジラ」映画を見続けてきました。最初の「ゴジラ」は、とても怖かった。あの怒りの原因は何だったのでしょう。

放射能に汚染され、平和な生活を奪われてしまった「ゴジラ」の怒りは、原爆を落とされ死んでいったヒロシマやナガサキの人たちの怒りを受けついでいます。もしかしたら、「ゴジラ」は、放射能だけではなく、そんなヒロシマやナガサキの人たちの怒りのエネルギーをも浴びて、あんなにも巨大化し、あんなにも怒っていたのでしょうか。

だとするなら、「ゴジラ」は日本人の「戦争責任」を追及するために、上陸してきたのかもしれません。戦争が終わってそれほど時もたっていない頃、みんなが、あの戦争のことを忘れようとしはじめた時、「ゴジラ」は、怒りと恐怖をばら蒔《ま》いて、「お前たちが引き起こした、あの戦争を忘れるな」と言いたかったのではないでしょうか。

しかし、迷惑なのは、あの戦争とは無関係な我々子どもたちです。

我々子どもたちは、昼間、映画館で「ゴジラ」を見てショックを受けました。それだけなら、まだしも、「ゴジラ」は、夜は夜で、夢の中にまで侵入してきて、我々を死ぬほど震え上がらせたのですから。

でも、ほんとうに、我々の夢の中に出てきたのは「ゴジラ」だったのでしょうか？

その夢の話をしましょう。

それは、たとえば、こんな具合です。

ふと気づくと、窓の外が真っ赤になっています。街中が燃えているではありませんか！

人びとが叫び声をあげながら道路を走っています。どうやら、あいつが近づいて来ているのです。

わたしは慌《あわ》てて、外へ飛び出します。しかし、どこへ逃げればいいのでしょう。なにか、とてつもなく巨大な咆哮《ほうこう》が聞こえてきます。

体が震えるのがわかります。父親も母親もどこに行ったのでしょう。さっきまで走っていた人びとの姿も見えません。

地面が揺れています。なにかが近づいてくる。わたしは叫びだしたいのをこらえながら、走ろうとします。けれど、すくんで足が動かないのです。わたしは、逃げるのを諦め、隠れることにします（「そうだ、どういうわけか、逃げないで、隠れようとするんだよね」と友人たち）。たとえば、道の脇の汚水溝の中へ、あるいは、ドラム缶の中へ（なぜ、そんなものがあるんでしょう）、あるいはまた、その時代には、道《みち》端《ばた》に必ず置いてあった公共の「ごみ箱」の中へ。

　わたしは息を殺して、あいつが近づいてくるのを待っています。ドシンドシンドシンドシン。不気味な音は高まってきます。ああ、きっとぼくはあいつの巨大な足に踏まれ、潰《つぶ》され、殺されてしまうにちがいない。逃げ場と希望の一切を失った、子どものわたしは、絶望のどん底にたたき落とされます。

　やがて、その巨大なものは、わたしのすぐ近くにやって来ます。そして、一瞬、あいつの足が止まるのです。

　見つけられた！　もうダメだ！　パパ、ママ、ごめんなさい。ごめんなさい。ぼくは悪い子でした。もう悪いことはしません。なんでもいうことを聞きます。だから、だから、ぼくを助けて！

　万事休す。わたしは目を閉じます。そして、少しの間、静寂の時間が続くと、その足音は少しずつ遠くへ消え去ってゆくのです。

「確かに」と友人Aは言いました。

「おれが見たのも同じ夢だな」

「そうそう。おれの場合は、家の布団の中に入り込んで震えてたけど」と友人Bも言いました。

「あれは、ゴジラじゃないよね」とわたしが言いました。

「おれもそう思う。っていうか、どんな恰好《かっこう》してたっけ?」と友人A。

「だから、ゴジラ……って、恰好は、あの怪獣……はて」と友人B。

そうです。友人Aも友人Bも、そしてわたしも、みんな、あいつの夢を見たのに、どんな恰好だったのか少しも覚えていないのです。

我々が覚えているのは、咆哮と巨大な足音、そして、地面の震動だけでした。あるいは、逃げまどう人びとの叫びに、燃え上がる街。その不気味な炎は覚えているのに、あいつの姿は少しも記憶に残っていないのです。

「じゃあ、あれって、なんだったのかな」

「だから、ゴジラ……みたいなやつさ」

「ゴジラ……じゃなくて？」

「うーん、わからない！」

　わたしがひそかに、そいつの名前を「ゴヂラ」と呼ぶようになったのは、友人たちとその問題について話し合うようになってからです。

　わたしは、あいつがあんまり怖かったので、ただもう震えて、あいつが通りすぎるのを待っているばかりでした。そして、徐々に、あいつの夢を見ることは減っていったのです。中学生になる頃には、もう、あいつの夢を見ることはほとんどありませんでした。でも、たまに見ると、やっぱり震え上がって、やっぱりドラム缶や布団の中や押入れの中にもぐり込んで、早く通り過ぎろと心の中で祈ったのでした。

　最後にあいつの夢を見たのは、高校生の頃ではなかったでしょうか。

　やはり、阿鼻叫喚《あびきょうかん》の地獄のような声が聞こえました。窓の外では炎が上がっているらしく、なにかが赤く揺らめいているようでした。

　そして、お決まりの、ドシンドシンドシン。魂を揺るがすような咆哮。

　けれど、わたしは、あまり怖くはありませんでした。いつものように、なにかの中に逃げこむこともせず、わたしは、待っていました。

ドシンドシンドシンドシン。あいつはどんどん近づいてきます。わたしは夢の中にいました。そして、実は、自分がいま夢を見ているのだと気づいていたのです。

わたしは窓を見つめていました。さあ、とわたしは呟《つぶや》きました。いまこそ、確かめるのだ、子どもの頃からずっと見てきた夢の正体を！

ドシンドシンドシン、ドスンドスンドスン、ドカンドカンドカン。

音は近づき、やがて、窓の外で止まりました。あんなに緊張した記憶はありません（夢の中でも現実でも）。すぐそこに、あいつがいることはわかっていました。なにかが窓の外にいて、息をひそめ、そして、わたしの様子をうかがっていたのです。

わたしは、心の中で叫びました。

さあ、窓を開けるんだ。すべてを明らかにする時がやって来た。そこになにがいようと、恐れることはなにもないんだ！

けれど、わたしには窓を開けることができませんでした。わたしは固まったまま動けずにいました。

しばらくたつと、あいつは動きはじめました。そしてやって来た時と同じように、ドシンドシンドシンと威厳《いげん》に満ちた音を立て、永遠に、わたしの夢から去っていったのでした。それから、一度も、あいつは、つまり「ゴヂラ」は現れません。

あいつの正体はなんだったのでしょうか。「ゴヂラ」は、ただその時流行《はや》っていた「ゴジラ」の真似をして現れただけで、また別の少年たちには、異なった怪物となって現れ、彼らの窓の外で息を殺しているのでしょうか。

執筆者プロフィール（掲載順）

角田光代（かくた・みつよ）　作家。一九六七年生まれ。
『空中庭園』『対岸の彼女』『八日目の蝉』『ロック母』『人生ベストテン』『福袋』

石田衣良（いしだ・いら）　作家。一九六〇年生まれ。
『池袋ウエストゲートパーク』『4TEEN　フォーティーン』『眠れぬ真珠』『美丘』

島本理生（しまもと・りお）　作家。一九八三年生まれ。
『ナラタージュ』『リトル・バイ・リトル』『大きな熊が来る前に、おやすみ。』『クローバー』

阿川弘之（あがわ・ひろゆき）　作家。一九二〇年生まれ。
『春の城』『雲の墓標』『山本五十六』『米内光政』『井上成美』『志賀直哉』

辻村深月（つじむら・みづき）　作家。一九八〇年生まれ。
『冷たい校舎の時は止まる』『子どもたちは夜と遊ぶ』『凍りのくじら』『名前探しの放課後』

西加奈子（にし・かなこ）　作家。一九七七年生まれ。
『あおい』『さくら』『通天閣』『しずく』『こうふく　みどりの』『こうふく　あかの』

市川拓司（いちかわ・たくじ）　作家。一九六二年生まれ。

『いま、会いにゆきます』『そのときは彼によろしく』『ぼくの手はきみのために』


堀江敏幸（ほりえ・としゆき）　作家。一九六四年生まれ。

『熊の敷石』『雪沼とその周辺』『河岸忘日抄』『めぐらし屋』『バン・マリーへの手紙』


柴崎友香（しばさき・ともか）　作家。一九七三年生まれ。

『きょうのできごと』『その街の今は』『また会う日まで』『主題歌』


長野まゆみ（ながの・まゆみ）　作家。一九五九年生まれ。

『少年アリス』『簞笥のなか』『となりの姉妹』『メルカトル』『カルトローレ』


穂村弘（ほむら・ひろし）　歌人。一九六二年生まれ。

『シンジケート』『求愛瞳孔反射』『世界音痴』『現実入門』『にょっ記』『短歌の友人』


高橋源一郎（たかはし・げんいちろう）　作家。一九五一年生まれ。

『さようなら、ギャングたち』『優雅で感傷的な日本野球』『日本文学盛衰史』『ニッポンの小説』

本書は小社より二〇〇八年六月に刊行されました。

こどものころにみた夢《ゆめ》

角田光代《かくたみつよ》、石田衣良《いしだいら》、島本理生《しまもとりお》、阿川弘之《あがわひろゆき》、
辻村深月《つじむらみづき》、西《にし》 加奈子《かなこ》、市川拓司《いちかわたくじ》、堀江敏幸《ほりえとしゆき》、
柴崎友香《しばさきともか》、長野《ながの》まゆみ、穂村《ほむら》 弘《ひろし》、高橋源一郎《たかはしげんいちろう》
網中《あみなか》いづる、松尾《まつお》たいこ、鯰江光二《なまずえこうじ》、木内達朗《きうちたつろう》、
吉田尚令《よしだひさのり》、いとう瞳《ひとみ》、中村純司《なかむらじゅんじ》、田雜芳一《たぞうよしかず》、
望月通陽《もちづきみちあき》、ささめやゆき、しりあがり寿《ことぶき》

講談社文庫
定価はカバーに
表示してあります

2022年12月15日第1刷発行
2023年11月14日第2刷発行

KODANSHA

発行者——髙橋明男
発行所——株式会社　講談社
東京都文京区音羽2-12-21　〒112-8001
電話　出版（03）5395-3510
　　　販売（03）5395-5817
　　　業務（03）5395-3615

Printed in Japan

デザイン—菊地信義
本文データ制作—講談社デジタル製作
印刷———株式会社KPSプロダクツ
製本———株式会社国宝社

落丁本・乱丁本は購入書店名を明記のうえ、小社業務あてにお送りください。送料は小社負担にてお取替えします。なお、この本の内容についてのお問い合わせは講談社文庫あてにお願いいたします。

ISBN978-4-06-529585-4

講談社文庫刊行の辞

二十一世紀の到来を目睫に望みながら、われわれはいま、人類史上かつて例を見ない巨大な転換期をむかえようとしている。

世界も、日本も、激動の予兆に対する期待とおののきを内に蔵して、未知の時代に歩み入ろうとしている。このときにあたり、創業の人野間清治の「ナショナル・エデュケイター」への志を現代に甦らせようと意図して、われわれはここに古今の文芸作品はいうまでもなく、ひろく人文・社会・自然の諸科学から東西の名著を網羅する、新しい綜合文庫の発刊を決意した。

激動の転換期はまた断絶の時代である。われわれは戦後二十五年間の出版文化のありかたへの深い反省をこめて、この断絶の時代にあえて人間的な持続を求めようとする。いたずらに浮薄な商業主義のあだ花を追い求めることなく、長期にわたって良書に生命をあたえようとつとめるところにしか、今後の出版文化の真の繁栄はあり得ないと信じるからである。

同時にわれわれはこの綜合文庫の刊行を通じて、人文・社会・自然の諸科学が、結局人間の学にほかならないことを立証しようと願っている。かつて知識とは、「汝自身を知る」ことにつきていた。現代社会の瑣末な情報の氾濫のなかから、力強い知識の源泉を掘り起し、技術文明のただなかに、生きた人間の姿を復活させること。それこそわれわれの切なる希求である。

われわれは権威に盲従せず、俗流に媚びることなく、渾然一体となって日本の「草の根」をかたちづくる若く新しい世代の人々に、心をこめてこの新しい綜合文庫をおくり届けたい。それは知識の泉であるとともに感受性のふるさとであり、もっとも有機的に組織され、社会に開かれた万人のための大学をめざしている。大方の支援と協力を衷心より切望してやまない。

一九七一年七月

野間省一

講談社文庫　目録

鏑木　蓮　炎　罪
鏑木　蓮　疑　薬
川上未映子　そら頭はでかいです、世界がすこんと入ります
川上未映子　わたくし率 イン 歯ー、または世界
川上未映子　ヘ　ヴ　ン
川上未映子　すべて真夜中の恋人たち
川上未映子　愛 の 夢 と か
川上弘美　ハヅキさんのこと
川上弘美　晴れたり曇ったり
川上弘美　大きな鳥にさらわれないよう
海堂　尊　新装版 ブラックペアン1988
海堂　尊　ブレイズメス1990
海堂　尊　スリジエセンター1991
海堂　尊　死因不明社会2018
海堂　尊　極北クレイマー2008
海堂　尊　極北ラプソディ2009
海堂　尊　黄金地球儀2013
門井慶喜　パラドックス実践 雄弁学園の教師たち
門井慶喜　銀河鉄道の父

梶よう子　迷　子　石
梶よう子　ふ く ろ う
梶よう子　ヨ　イ　豊《とよ》
梶よう子　立身《りっしん》いたしたく候《そうろう》
梶よう子　北斎まんだら
川瀬七緒　よろずのことに気をつけよ
川瀬七緒　法医昆虫学捜査官
川瀬七緒　シンクロニシティ〈法医昆虫学捜査官〉
川瀬七緒　水《みな》底《そこ》の棘《とげ》〈法医昆虫学捜査官〉
川瀬七緒　メビウスの守護者〈法医昆虫学捜査官〉
川瀬七緒　潮騒のアニマ〈法医昆虫学捜査官〉
川瀬七緒　紅のアンデッド〈法医昆虫学捜査官〉
川瀬七緒　スワロウテイルの消失点〈法医昆虫学捜査官〉
川瀬七緒　フォークロアの鍵
川瀬七緒　ヴィンテージガール〈仕立屋探偵 桐ヶ谷京介〉
風野真知雄　隠密 味見方同心(一)〈くじらの姿焼き騒動〉
風野真知雄　隠密 味見方同心(二)〈干し卵不思議味〉
風野真知雄　隠密 味見方同心(三)〈幸せの小福餅〉
風野真知雄　隠密 味見方同心(四)〈恐怖の流しそうめん〉

風野真知雄　隠密 味見方同心(五)〈フグの毒鍋〉
風野真知雄　隠密 味見方同心(六)〈鵺《ぬえ》の闇鍋〉
風野真知雄　隠密 味見方同心(七)〈絵巻寿司〉
風野真知雄　隠密 味見方同心(八)〈ふふふの麩〉
風野真知雄　隠密 味見方同心(九)〈殿さま漬け〉
風野真知雄　潜入 味見方同心(一)〈恋のぬるぬる膳〉
風野真知雄　潜入 味見方同心(二)〈陰膳だらけの宴《うたげ》〉
風野真知雄　潜入 味見方同心(三)〈五右衛門の鍋〉
風野真知雄　潜入 味見方同心(四)〈謎の伊賀忍者料理〉
風野真知雄　潜入 味見方同心(五)〈牛の活きづくり〉
風野真知雄　潜入 味見方同心(六)〈肉欲もりもり不精進《ふしょうじん》料理〉
風野真知雄　昭和探偵1
風野真知雄　昭和探偵2
風野真知雄　昭和探偵3
風野真知雄　昭和探偵4
風野真知雄 岡本さとる ほか　五分後にホロリと江戸人情
カレー沢　薫　負ける技術
カレー沢　薫　もっと負ける技術〈カレー沢薫の日常と退廃〉
カレー沢　薫　非リア王

講談社文庫　目録

講談社文庫　目録

講談社文庫　目録

熊谷達也　浜の甚兵衛
倉阪鬼一郎　八丁堀の忍
倉阪鬼一郎　八丁堀の忍(二)〈大川端の死闘〉
倉阪鬼一郎　八丁堀の忍(三)〈遥かなる故郷〉
倉阪鬼一郎　八丁堀の忍(四)〈隻腕の抜け忍〉
倉阪鬼一郎　八丁堀の忍(五)〈討伐隊、動く〉
倉阪鬼一郎　八丁堀の忍(六)〈死闘、裏伊賀〉
黒田研二　神様の思惑
黒木　渚　壁の鹿
黒木　渚　本性
黒木　渚　檸檬の棘
久坂部　羊　祝葬
黒澤いづみ　人間に向いてない
久賀理世　奇譚蒐集家　小泉八雲〈白衣の女〉
久賀理世　奇譚蒐集家　小泉八雲〈終わりなき夜に〉
雲居るい　破《は》蕾《らい》
鯨井あめ　晴れ、時々くらげを呼ぶ
鯨井あめ　アイアムマイヒーロー！
窪　美澄　私は女になりたい

黒崎視音　マインド・チェンバー〈警視庁心理捜査官〉
決戦！シリーズ　決戦！関ヶ原
決戦！シリーズ　決戦！大坂城
決戦！シリーズ　決戦！本能寺
決戦！シリーズ　決戦！川中島
決戦！シリーズ　決戦！桶狭間
決戦！シリーズ　決戦！関ヶ原2
決戦！シリーズ　決戦！新選組
決戦！シリーズ　決戦！賤ヶ岳
決戦！シリーズ　決戦！忠臣蔵
決戦！シリーズ　風雲〈戦国アンソロジー〉
小峰　元　アルキメデスは手を汚さない
今野　敏　ST　警視庁科学特捜班　エピソード1〈新装版〉
今野　敏　ST　警視庁科学特捜班　毒物殺人〈新装版〉
今野　敏　ST　警視庁科学特捜班〈黒いモスクワ〉
今野　敏　ST　警視庁科学特捜班〈青の調査ファイル〉
今野　敏　ST　警視庁科学特捜班〈赤の調査ファイル〉
今野　敏　ST　警視庁科学特捜班〈黄の調査ファイル〉
今野　敏　ST　警視庁科学特捜班〈緑の調査ファイル〉

今野　敏　ST　警視庁科学特捜班〈黒の調査ファイル〉
今野　敏　ST　為朝伝説殺人ファイル〈警視庁科学特捜班〉
今野　敏　ST　桃太郎伝説殺人ファイル〈警視庁科学特捜班〉
今野　敏　ST　沖ノ島伝説殺人ファイル〈警視庁科学特捜班〉
今野　敏　ST　化合　エピソード0〈警視庁科学特捜班〉
今野　敏　ST　プロフェッション〈警視庁科学特捜班〉
今野　敏　特殊防諜班　諜報潜入
今野　敏　特殊防諜班　聖域炎上
今野　敏　特殊防諜班　最終特命
今野　敏　茶室殺人伝説
今野　敏　奏者水滸伝　白の暗殺教団
今野　敏　同期
今野　敏　欠落
今野　敏　変幻
今野　敏　警視庁FC
今野　敏　カットバック　警視庁FCII
今野　敏　継続捜査ゼミ
今野　敏　エムエス〈継続捜査ゼミ2〉
今野　敏　蓬莱〈新装版〉

講談社文庫　目録

今野　敏　イ　コ　ン〈新装版〉
今野　敏　天を測る
後藤正治　拗《す》ね者たらん〈本田靖春　人と作品〉
幸田文　崩　れ
幸田文　季節のかたみ
幸田文　台所のおと〈新装版〉
小池真理子　冬の伽藍
小池真理子　夏の吐息
小池真理子　千日のマリア
五味太郎　大人問題
鴻上尚史　あなたの魅力を演出するちょっとしたヒント
鴻上尚史　鴻上尚史の俳優入門
鴻上尚史　青空に飛ぶ
小泉武夫　納豆の快楽
近藤史人　藤田嗣治「異邦人」の生涯
小前　亮　趙《ちょう》匡《きょう》胤《いん》〈宋の太祖〉
小前　亮　始皇帝の永遠〈天下一統〉
小前　亮　劉《りゅう》裕《ゆう》〈豪剣の皇帝〉
香月日輪　妖怪アパートの幽雅な日常①

香月日輪　妖怪アパートの幽雅な日常②
香月日輪　妖怪アパートの幽雅な日常③
香月日輪　妖怪アパートの幽雅な日常④
香月日輪　妖怪アパートの幽雅な日常⑤
香月日輪　妖怪アパートの幽雅な日常⑥
香月日輪　妖怪アパートの幽雅な日常⑦
香月日輪　妖怪アパートの幽雅な日常⑧
香月日輪　妖怪アパートの幽雅な日常⑨
香月日輪　妖怪アパートの幽雅な日常⑩
香月日輪　妖怪アパートの幽雅な食卓〈るり子さんのお料理日記〉
香月日輪　妖怪アパートの幽雅な人々〈妖アパミニガイド〉
香月日輪　妖怪アパートの幽雅な日常〈ラスベガス外伝〉
香月日輪　大江戸妖怪かわら版①〈異界より落ち来る者あり〉
香月日輪　大江戸妖怪かわら版②〈異界より落ち来る者あり　其之二〉
香月日輪　大江戸妖怪かわら版③〈封印の娘〉
香月日輪　大江戸妖怪かわら版④〈天空の竜宮城〉
香月日輪　大江戸妖怪かわら版⑤〈雀、大浪花に行く〉
香月日輪　大江戸妖怪かわら版⑥〈魔狼、月に吠える〉
香月日輪　大江戸妖怪かわら版⑦〈大江戸散歩〉

香月日輪　地獄堂霊界通信①
香月日輪　地獄堂霊界通信②
香月日輪　地獄堂霊界通信③
香月日輪　地獄堂霊界通信④
香月日輪　地獄堂霊界通信⑤
香月日輪　地獄堂霊界通信⑥
香月日輪　地獄堂霊界通信⑦
香月日輪　地獄堂霊界通信⑧
香月日輪　ファンム・アレース①
香月日輪　ファンム・アレース②
香月日輪　ファンム・アレース③
香月日輪　ファンム・アレース④
香月日輪　ファンム・アレース⑤(上)(下)
近衛龍春　加藤清正〈豊臣家に捧げた生涯〉
木《この》原《はら》音《なり》瀬《せ》　箱の中
木原音瀬　美しいこと
木原音瀬　秘　密
木原音瀬　嫌な奴
木原音瀬　罪の名前

講談社文庫　目録

木原音瀬　コゴロシムラ
近藤史恵　私の命はあなたの命より軽い
小泉　凡　怪談四代記〈八雲のいたずら〉
小松エメル　夢の燈《ほ》影《かげ》〈新選組無名録〉
小松エメル　総司の夢
呉　勝浩　道徳の時間
呉　勝浩　ロスト
呉　勝浩　蜃気楼の犬
呉　勝浩　白い衝動
呉　勝浩　バッドビート
こだま　夫のちんぽが入らない
こだま　ここは、おしまいの地
古波蔵保好　料理沖縄物語
ごとうしのぶ　いばらの冠〈ブラス・セッション・ラヴァーズ〉
古泉迦十　火蛾
小《こ》池《いけ》水《みず》音《ね》　〈小説〉こんにちは、母さん
講談社校閲部　間違えやすい日本語実例集〈熟練校閲者が教える〉
佐藤さとる　〈コロボックル物語①〉だれも知らない小さな国
佐藤さとる　〈コロボックル物語②〉豆つぶほどの小さないぬ
佐藤さとる　〈コロボックル物語③〉星からおちた小さなひと
佐藤さとる　〈コロボックル物語④〉ふしぎな目をした男の子
佐藤さとる　〈コロボックル物語⑤〉小さな国のつづきの話
佐藤さとる　〈コロボックル物語⑥〉コロボックルむかしむかし
佐藤さとる　天狗童子
佐藤さとる／絵／村上勉　わんぱく天国
佐藤愛子　新装版 戦いすんで日が暮れて
佐木隆三　慟哭〈小説・林郁夫裁判〉
佐木隆三　身分帳
佐高　信　石原莞爾 その虚飾
佐高　信　わたしを変えた百冊の本
佐高　信　新装版 逆命利君
佐藤雅美　ちよの負けん気、実の父親〈物書同心居眠り紋蔵〉
佐藤雅美　へこたれない人〈物書同心居眠り紋蔵〉
佐藤雅美　わけあり師匠事《こと》の顛末〈物書同心居眠り紋蔵〉
佐藤雅美　御奉行の頭の火照《ほて》り〈物書同心居眠り紋蔵〉
佐藤雅美　敵《かた》討《き》ちか主殺しか〈物書同心居眠り紋蔵〉
佐藤雅美　江戸繁昌記〈寺門静軒無聊伝〉
佐藤雅美　青雲遥かに〈大内俊助の生涯〉
佐藤雅美　悪足掻《あが》きの跡始末 厄介弥三郎
佐藤雅美　恵比寿屋喜兵衛手控え〈新装版〉
酒井順子　負け犬の遠吠え
酒井順子　朝からスキャンダル
酒井順子　忘れる女、忘れられる女
酒井順子　次の人、どうぞ！
酒井順子　ガラスの50代
佐野洋子　嘘ばっか〈新釈・世界おとぎ話〉
佐野洋子　コッコロから
佐川芳枝　寿司屋のかみさん サヨナラ大将
笹生陽子　ぼくらのサイテーの夏
笹生陽子　きのう、火星に行った。
笹生陽子　世界がぼくを笑っても
沢木耕太郎　一号線を北上せよ〈ヴェトナム街道編〉
佐藤多佳子　一瞬の風になれ 全三巻
佐藤多佳子　いつの空にも星が出ていた
笹本稜平　駐在刑事
笹本稜平　駐在刑事 尾根を渡る風
西條奈加　世直し小町りんりん

椎名誠 埠頭三角暗闇市場
真保裕一 取引
真保裕一 震源
真保裕一 盗聴
真保裕一 朽ちた樹々の枝の下で
真保裕一 奪取 (上)(下)
真保裕一 防壁
真保裕一 密告
真保裕一 黄金の島 (上)(下)
真保裕一 発火点
真保裕一 夢の工房
真保裕一 灰色の北壁
真保裕一 覇王の番人 (上)(下)
真保裕一 デパートへ行こう!
真保裕一 アマルフィ〈外交官シリーズ〉
真保裕一 天使の報酬〈外交官シリーズ〉
真保裕一 アンダルシア〈外交官シリーズ〉
真保裕一 ダイスをころがせ! (上)(下)
真保裕一 天魔ゆく空 (上)(下)
真保裕一 ローカル線で行こう!
真保裕一 遊園地に行こう!
真保裕一 オリンピックへ行こう!
真保裕一 連鎖〈新装版〉
真保裕一 暗闇のアリア
真保裕一 ダーク・ブルー
篠田節子 弥勒
篠田節子 転生
篠田節子 竜と流木
重松清 定年ゴジラ
重松清 半パン・デイズ
重松清 流星ワゴン
重松清 ニッポンの単身赴任
重松清 愛妻日記
重松清 青春夜明け前
重松清 カシオペアの丘で (上)(下)
重松清 永遠《とわ》を旅する者〈ロストオデッセイ 千年の夢〉
重松清 かあちゃん
重松清 十字架
重松清 峠うどん物語 (上)(下)
重松清 希望ヶ丘の人びと (上)(下)
重松清 赤ヘル1975
重松清 なぎさの媚薬 (上)(下)
重松清 さすらい猫ノアの伝説
重松清 ルビィ
重松清 どんまい
重松清 旧友再会
新野剛志 美しい家
新野剛志 明日の色
殊能将之 ハサミ男
殊能将之 鏡の中は日曜日
殊能将之 殊能将之 未発表短篇集
首藤瓜於 事故係生稲昇太の多感
首藤瓜於 脳男 新装版
首藤瓜於 ブックキーパー 脳男 (上)(下)
島本理生 シルエット
島本理生 リトル・バイ・リトル
島本理生 生まれる森

講談社文庫　目録

鈴木英治　大江戸監察医
鈴木英治　望みの薬種〈大江戸監察医〉
杉本章子　お狂言師歌吉うきよ暦
杉本章子　大奥二人道成寺〈お狂言師歌吉うきよ暦〉
ジョン・スタインベック　齊藤昇 訳　ハツカネズミと人間
諏訪哲史　アサッテの人
菅野雪虫　天山の巫女《みこ》ソニン(1)　黄金の燕
菅野雪虫　天山の巫女《みこ》ソニン(2)　海の孔雀
菅野雪虫　天山の巫女《みこ》ソニン(3)　朱烏《あけがらす》の星
菅野雪虫　天山の巫女《みこ》ソニン(4)　夢の白鷺
菅野雪虫　天山の巫女《みこ》ソニン(5)　大地の翼
菅野雪虫　天山の巫女《みこ》ソニン　巨山《コザン》外伝〈予言の娘〉
菅野雪虫　天山の巫女《みこ》ソニン　江南《カンナム》外伝〈海竜の子〉
鈴木みき　日帰り登山のススメ〈あした、山へ行こう!〉
砂原浩太朗　いのちがけ〈加賀百万石の礎〉
砂原浩太朗　高瀬庄左衛門御留書
ラトナ・サリ・デヴィ・スカルノ　選ばれる女におなりなさい〈デヴィ夫人の婚活論〉
瀬戸内寂聴　新寂庵説法　愛なくば
瀬戸内寂聴　人が好き［私の履歴書］

瀬戸内寂聴　白道
瀬戸内寂聴　寂聴相談室 人生道しるべ
瀬戸内寂聴　瀬戸内寂聴の源氏物語
瀬戸内寂聴　愛する能力
瀬戸内寂聴　藤壺
瀬戸内寂聴　生きることは愛すること
瀬戸内寂聴　寂聴と読む源氏物語
瀬戸内寂聴　月の輪草子
瀬戸内寂聴　新装版 寂庵説法
瀬戸内寂聴　死に支度
瀬戸内寂聴　新装版 蜜と毒
瀬戸内寂聴　新装版 花《か》怨《えん》
瀬戸内寂聴　新装版 祇《ぎ》園女御《おんにょうご》(上)(下)
瀬戸内寂聴　新装版 かの子撩乱
瀬戸内寂聴　新装版 京まんだら(上)(下)
瀬戸内寂聴　いのち
瀬戸内寂聴　花のいのち
瀬戸内寂聴　ブルーダイヤモンド〈新装版〉
瀬戸内寂聴　97歳の悩み相談

瀬戸内寂聴　すらすら読める源氏物語(上)(中)(下)
瀬戸内寂聴・訳　源氏物語　巻《まき》一《いち》
瀬戸内寂聴・訳　源氏物語　巻《まき》二《に》
瀬戸内寂聴・訳　源氏物語　巻《まき》三《さん》
瀬戸内寂聴・訳　源氏物語　巻《まき》四《し》
瀬戸内寂聴・訳　源氏物語　巻《まき》五《ご》
瀬戸内寂聴・訳　源氏物語　巻《まき》六《ろく》
瀬戸内寂聴・訳　源氏物語　巻《まき》七《しち》
瀬戸内寂聴・訳　源氏物語　巻《まき》八《はち》
瀬戸内寂聴・訳　源氏物語　巻《まき》九《く》
瀬戸内寂聴・訳　源氏物語　巻《まき》十《じゅう》
先崎学　先崎学の実況!盤外戦
妹尾河童　少年H(上)(下)
瀬尾まいこ　幸福な食卓
関原健夫　がん六回　人生全快
瀬川晶司　泣き虫しょったんの奇跡　完全版〈サラリーマンから将棋のプロへ〉
仙川環《たまき》　幸福の劇薬〈医者探偵・宇賀神晃〉
仙川環　偽装診療〈医者探偵・宇賀神晃〉
瀬木比呂志　黒い巨塔〈最高裁判所〉

2023年9月15日現在